MEHMET ALİ KILINÇ

YALNIZCA YALNIZIM

DESTEK
yayınları

DESTEK YAYINLARI: 409
EDEBİYAT: 126

YALNIZCA YALNIZIM / MEHMET ALİ KILINÇ

Genel Yayın Yönetmeni: Ertürk Akşun
Editör: Devrim Yalkut
Kapak Tasarım: İlknur Muştu
Sayfa Düzeni: Cansu Poroy

Destek Yayınları: Ocak 2014
1.-4.Baskı: Ocak 2014
5. Baskı: Şubat 2014
6.-8.Baskı: Mart 2014
9.-10. Baskı: Nisan 2014
11.-12.Baskı: Mayıs 2014
13.-14.Baskı: Haziran 2014
15.-16.Baskı: Temmuz 2014
17.-20.Baskı: Eylül 2014
21.-22.Baskı: Ekim 2014
23.-24.Baskı: Kasım 2014
Yayıncı Sertifika No. 13226

ISBN 978-605-4994-08-3

Harbiye Mah. Maçka Cad. Narmanlı Apt. No. 24 K. 5 D. 33 Nişantaşı / İstanbul
Tel.: (0) 212 252 22 42
Fax: (0) 212 252 22 43
www.destekyayinlari.com
info@destekyayinlari.com
facebook.com/ DestekYayinevi
twitter.com/destekyayinlari
instagram.com/destekyayinlari.com

Pasifik Ofset Ltd. Şti.
Sertifika No. 12027
Cihangir Mah. Güvercin Cad. No. 3/1
Baha İş Merkezi A Blok Kat: 2 34310
Haramidere / İstanbul - TURKEY
Tel.: (0) 212 412 17 77

MEHMET ALİ KILINÇ

YALNIZCA YALNIZIM

DESTEK yayınları

Kıştan beklentiler değişmedi.

Biraz huzur, çokça mutluluk.
Ve gelirsen tabii bir de sen.

ÖNSÖZ

Sanırım buraya bir şeyler yazmam gerekiyor, çayımı alıp masama oturdum, sonra düşünmeye başladım karşımdaki boş sayfaya hangi cümleleri sığdırabilirim diye.

İlk başlarda aklıma pek yazılması gereken bir konu gelmedi. Sonra kalkıp pencereden dışarıya baktığımda caddedeki ağaçların, elektrik direklerinin, yolların, işyerlerinin süslendiğini fark ettim. Birkaç gün sonra yeni yıla girecektik. Ve bana yazmam gereken bir malzeme çıktı. Yeni yıl demek, yeni umutlar, yeni aşklar, yeni heyecanlar, yeni hüzünler, yeni yüzler, yeni hayatlar, yeni mutluluklar, yeni acılar demek. Evet hepsi bu yeni yılda başımıza gelebilir, ki geleceğini umuyorum.

Bazen geçmişi unutmalı insan, hayatını düzene sokmak için. Ama bazen de hiç unutmamalı, yaptığı hataları tekrarlamamak için. Diyeceğim o ki, sen seni üzen insanları bu yeni yılda unut ama çektiğin acıları asla unutma. Şunu unutma ki, yeni bir aşka kalbinin kapılarını açmadan önce iki kez düşünmelisin. Bizler bazen bazılarına karşı çok güçsüz oluruz, onlara çabuk kapılırız, dillerinden düşen her kelimeye fazlasıyla önem veririz, bu yüzden de canımız yanar. Ama artık öyle olmasın.

Yeni yıl yeni hayatının bahanesi olsun. Unutma, hiç kimse senden daha değerli değildir. Etrafına bir bak, zamanında çok değer verdiklerin şimdi göremeyeceğin kadar uzağındalar. O yüzden yalnızca kendin için yaşa, bir başkası için değil...

Dilerim ki bu yeni yılda, her sabah uyandığında aileni yanında görürsün. Dilerim ki bu yeni yılda, hak ettiğin kadar içten gülümsersin. Dilerim ki bu yeni yılda, gözlerini açtığında tüm acılarını unutursun. Dilerim ki bu yeni yılda, gözyaşların mutluluktan aksın. Dilerim ki bu yeni yılda, hayallerine dokunursun. Dilerim ki bu yeni yılda, başını yastığa hep huzurla yaslarsın. Dilerim ki bu yeni yılda, güneş her sabah senin için doğsun. Dilerim ki bu yeni yılda, seni üzen ahmakların gözyaşlarının hiçbir damlasını hak etmeyecek kadar değersiz olduklarını anlarsın. Dilerim ki bu yeni yılda, hastaneye sadece birilerini ziyarete gidersin. Dilerim ki bu yeni yılda, güne hep uykunu alarak başlarsın. Dilerim ki bu yeni yılda, karşına seni ağlatanlar değil de gülümsemene neden olacak insanlar çıksın. Dilerim ki bu yeni yılda, her sabah telefonunda "günaydın anlamım" mesajını okursun...

Dilerim ki bu yıl senin yılın olur...

Yaşamak güzel, yaşamak küçük bir çocuğun gülüşü kadar çok güzel.

Dilerim ki bu yeni yılda, bunun farkına varırsın.

Hayalini kurduğun her şey seninle olsun.

Mehmet Ali Kılınç
(29 Aralık 2013 / 04.13)

Seveceksen

Seveceksen bir kadının dudaklarından önce gözlerini sev. Gözlerindeki o derin bakışı sev veya kirpiklerinin her telini ayrı ayrı sev, tıpkı seni sevdiği gibi onu küçük bir çocuğun masumiyetiyle sev, aklından bedenine sahip olma isteği geçmesin, bir kadını seveceksen ömrünün son anına kadar elini tutmaktan korkmayacaksın, bir kadını seveceksen diğerlerinin varlığını unutacaksın.

Kalbinin Sesi

Şimdi dönerse kabul eder misin?

Hayır! Onsuzluğa o kadar çok alıştım ki artık aklıma geldiği an ağlamıyorum, sadece tebessüm ediyorum. Çünkü yokluğuna mahkûm ederken beni, yaşadığımın farkında değildim. Ben onu düşlerken gülünecek şarkılarda dahi ağladım. Elleri saçlarımda kaybolmalıydı, başka tenlere dokunmak yerine. Gittiği an yüreğim sanki avuçlarında sıkılırmış gibi acıdı. Öyle tarifsiz bir acıydı ki yaşadığım o an aklıma her geldiğinde titriyorum. Geceleri uykusuzluğu tattım, uyku hapları dahi baş edemedi benimle.

(Peki onu hâlâ seviyor musun?)

İlk günkü gibi saf, temiz. Gözkapaklarımdan öperdi beni. O benim yüreğimdeki kentin sahibiydi, ruhum onundu. Düşlediğim her yarınımda dahi başrol oydu. Bana fedakârlıktan bahsetme, ben çok sevdim. Şu lanet hayattan dilediğim tek şey aynı çatı altında dizlerimizin dibinde yaşlanmaktı, yüzümdeki çizgileri sorduklarında adını anmalıydım, anlamım oydu. Aşk başkalarına tebessüm edip mutluluk vaat ederken sırtında gizlediği ayrılığı yüzüme vurdu.

Onsuz geçirdiğim her geceyi sayfalara ağlıyor, ona kelimelerde sarılıyor, kirpiklerini satır arasındaki boşluklarda sessizce öpüyorum. Biliyor musun? O gittiğinden bugüne dek toprak yağmur tanelerine karışarak artık eskisi gibi büyüleyici kokmayı beceremiyor, bu yüzden pencerede beslediğim tüm çiçekleri susuzluğa mahkûm ettim. Susuyorum haftalarca, aylarca bir konuşursam eğer, tüm alfabeyi intihara sürükleyebilirim. Çünkü; uğruna ömrümü heba ettiğim bedenin terleri şimdi başka tenlerde.

(Üzülme, mutlu ol...)

Mutluluğumu da çalıp gitti, hatıralarıyla savaşmaya terk etti. Sesi güzeldi, ona yazdığım şarkıyı fısıldardı geceleri. O an yatağımız cennetten bize ayrılan bir bahçeydi. Adeta Tanrı bizi cennetle ödüllendirirdi, utanmazdık sevişirken, unutamazdık o anı. Hayat bazen öyle adaletsiz davranıyor ki, kendimi tüm sevenleri öldürmüşüm gibi suçlu hissediyorum. Oysa o sadece gitmişti. Öyle mükemmel öyle kusursuzdu ki gidişi, kıyameti aratmadı, surumu üfledi. Ve ben artık sabahları yeni güne uyanmıyorum. Hüzünleri giyiniyor, hatıralarına sarılarak, acının çemberinde kıvranıyorum sahipsizce...

(Unutmalısın...)

Alıştım yokluğuna, darbeler daha çok olgunlaştırdı beni. Korkusuz bir savaşçı gibiyim adeta, ayrılığın peydahladığı tüm acılarla savaşıyorum. Avunabileceğim aşk kırıntıları dahi yok ve bu yüzden savaşı kaybetmekten korkmuyorum! Biliyorum, acınacak haldeyim, eğme başını ağlama! Ne olur düşünme beni, Tanrı'ya yazdığım mektubun cevabı ölüm meleğinin ellerinde şimdi, tüm intihar çeşitleri gülümsüyorlar bana, şeytan onun kılığında kollarını açıp bekliyor beni. Uyumalıyım ebediyen. Belki de düşlerde düşer dizlerime, vakti geldi gitmeliyim artık, geç kalmamam gerek...

Hoşça kal... aşk... Hoşça kal... ömrüm... Hoşça kal... saçlarında öldüğüm...

Aşk Vazgeçince Biter

Yanılıyorsun.

Hayır aşk ayrılığa mahkûm olunca değil, asıl vazgeçince biter...

Çünkü seversin, sana ait olmayan kalbini, tutamadığın ellerini, saatlerce uzun uzadıya baktığın gözlerini, ayrı olsanız da seversin işte. Bazen yokluğunun doğurduğu mesafeler ona olan aşkını engelleyemez, eğer vazgeçememişsen ask bitmez, bitemez. Yokluğunu sevdiğin insan her geçen gün içinde büyür, her şeyde onu aramaya başlarsın, en çok da şarkılarda. Başkalarının mutluluğuna şahit olduğunda iç çekersin "Biz de böyle olabilirdik..." diye. Eğer vazgeçememişsen onsuz kendini hep eksik hissedersin. Eğer seni yokluğuyla yaşatmak zorunda bırakandan vazgeçemiyorsan, diğer insanları umursamamaya başlarsın.

Bu yüzden aşk ayrılığa mahkûm olunca değil, asıl vazgeçince biter.

Ve vazgeçemiyorsan hâlâ ilk günkü gibi âşıksındır.

Yaşanamayanlar

Bazen yaşadıklarına değil yaşayamadıklarına üzülürsün. Onunla gerçekleşmesini istediğin onca güzel günler varken, o başkasıyla yürümeyi seçer. Bazen hiç kimselerle paylaşamadığın için sineye çektiklerin yiyip bitirir seni. Paylaşmak istersin dertlerini, kederlerini, ama sana acıyarak bakılmasından korktuğun için yalnız üstesinden gelmeye çalışırsın. Bazen yaşadığınız güzel günler aklına gelmez yaşayamadıklarınıza ağlarken.

Bazen ilk öpüşünü hatırlarsın, masumca dudaklarının kenarına kondurduğu o ilk öpücük seni bir parçası kaybolmuş puzzle gibi hissettirir. Kokusunu özlediğin insan birlikte uyuyamayacağınız kadar uzağındaysa tüm dünyanın yükü sırtındaymış gibi ağırlık çöker kalbine ve ona olan özleminin altında ezilip kalırsın. Yaşanacak o kadar çok güzellikler varken, bu gitmeler de neden? İnsan neden dalından koparılıp soğuk mevsimde rengini yitiren bir yaprak gibi çaresiz bırakılmayı çok sever ki? Yaşayamadıklarımız kadar canının yanmasını isteyemiyorum çünkü hayatının son anına kadar acıyla kıvranacağını bilmek üzer beni ama lütfen sen de benim için biraz ağla... Yaşayamadıklarımıza timsah gözyaşlarından dök. Aşkı yaşayan ikimizdik ama şimdi acısını yalnızca ben çekiyorum, hiç değilse bunun için üzül.

Bana Öyle Bir Gel ki...

Sana mesaj atmayı düşündüğüm o an senden gelen mesajı okumayı istiyorum.

Seni arayacakken, beni aradığın için telefonumuzun meşgul çalmasını istiyorum.

Birlikte yürürken ellerimiz birbirine değsin istiyorum, yarına uyanacağımızı bilmediğimiz için bugün hep yanımda ol istiyorum. Birlikte izlediğimiz filmin romantik bir sahnesinde sana bakacakken beni izlediğini görmeyi istiyorum. Her şeyden çok beni sev diyemem, bu babana haksızlık olur. O yüzden babandan sonra en çok beni sev istiyorum. Çünkü benim için annemden sonraki kadın sensin. Değer ver istiyorum. Çünkü üzmeye kıyamadıklarımdansın. Sahiplen istiyorum. Çünkü ait olmak istediğim tek insansın.

Ve bana öyle bir gel ki, terk etmenin ne demek olduğunu ikimiz de unutalım.

Ve beni öyle sev ki, acıyı sadece duyanlardan olalım, yaşayanlardan değil...

Sıkı Giyin Üşüme!

Hava soğuk malum mevsim kış. Sıcak bir şeyler al. Sıkı giyin pencere kenarında otur. Belki birazdan yağmur da yağar. Pencerende eriyen her damlaya dokun. İşte tıpkı hayat da öyle, gözlerimizin önünde eriyip gidiyor. Her anı yaşamak lazım. Üzüntüleri kapıda bırak, içeri alma... Bugünün tekrarı yok. Ve hâlâ yaşıyorsan geri kalan hiçbir şeyin önemi de yok. Yaşadığın kötü günleri atlatırsın. Tekrar mutluluğu kazanırsın, eğer aynaya bakıp karşında gördüğün yüze her şeyden çok değer verirsen. Ve unutma senin ondan başka kimsen de yok. Yanındakiler yarın olmayabilirler. Hava soğuk, kendini sev. Sıkı giyin üşüme!

Vazgeçtim

Çok az geliyorsun aklıma, ya alıştım ya da unuttum bilemiyorum. Gözlerinin kahvesini düşündükçe çok canım yanmıyor mesela, önceleri birkaç paketle zehirlerdim kendimi, oysa şimdi o kadar çok içmediğimin farkına vardım, galiba unuttum aşkı, yaşanmışlıkları, seni, ya da alıştım bilemiyorum. Her neyse ne işte, sevinmem gereken bir konu var, artık gülümsemeyi de başardım yeniden, hayır hayır yalandan değil, içimden geldiği gibi gülümseyebiliyorum insanlara. Anlayacağın unuttum seni, ya da alıştım bilemiyorum. Birbirimize sarılırken dinlediğimiz şarkı çalınca radyoda çabucak susturuyorum. Sevseydim eşlik ederdim şarkıya, oysa ben aksini yapıyorum. Yani anlayacağın unuttum seni, ya da alıştım bilemiyorum. Gideceğim yere yakın da olsa yürüdüğümüz yollardan geçmiyorum. Sevseydim her kaldırımı seyrederek geçerdim o yollardan, oysa ben sokak sokak uzaklaşıyorum anılardan, yani anlayacağın ya unuttum ya da alıştım bilemiyorum. Ve inanır mısın hâlâ masamda saçlarına bulaşan o küçük tokan. Sevseydim avuçlarımda okşar koklardım. Ve seni izliyormuş gibi izler ağlardım. Oysa ben yokmuş gibi yapıyorum. Oysa ben masama oturup kahvaltı yaparken görmezlikten geliyorum. Yani anlayacağın ya unuttum ya da alıştım bilemiyorum. Canımı yakmayı beceremiyorsun eskisi gibi... ve gelme artık. Seveceğin varsa da yeniden sevme. Artık ben vazgeçtim beklemekten...

Çünkü O Aşktan Öteydi

Yapabileceğim pek fazla bir şey yoktu sadece sevdim. Heves değildi, utanıyordum yüzüne söylemeye, aslında daha çok korkuyordum. Çünkü biliyordum onun başka bir tene ait olduğunu. Engel olamadım yüreğime ve çok sevdim onu. Uykusuz geçen gecelerimde kendimce düşler kurdum, cennet bahçesindeki çiçeklerden çalmıştı saçlarının kokusunu. Parmaklarım asla dolaşmadı saçlarında, yüzüne dokunup öylece gözlerini seyretmişliğim de olmadı. Hep eksik ve yarımdı kurduğum düşler, tenine dokunmayı, onunla yürümeyi, yürürken beline sarılıp birlikte tebessüm etmeyi o kadar çok istedim ki, sanki bunu başarabilsem o an mutluluktan ölecekmişim gibi bir his vardı içimde. Hayali diyorum, kurduğum o dakikalar süren hayali benim tüm günümü yüzümde aptal bir gülümsemeyle geçirmeye yetiyordu, uzak ve yasaktı. Kurduğum en güzel hayal olarak kaldı hep, ama asla vazgeçmedim engellere rağmen sevmekten. Çünkü onu sevmek yaşadığım hayatı daha anlamlı kılıyordu. Çünkü onu sevmek, diğer tüm insanların varlığını unutabilmekti. Çünkü o aşktan öteydi...

Yalnızlık İyidir

Yalnız kalmak gerekir bazen...

Yaptıklarının doğru olup olmadığını daha iyi anlamak için yalnızlık lazım biraz... Kimler için nelerden vazgeçtiğini iyice düşünüp bunlara sahiden değebildiklerini anlamak gerek... İçinden sağ çıkamayacağımız bu hayatı daha güzel yaşamak uğruna neler yapabileceğimiz hakkında ancak yalnız kalınca mantıklı kararlar veririz.

Çoğu insan yalnızlıktan korkar ama şunun farkına varmaz. Yalnızlıktan korkan biri aslında kendinden korkuyordur... Çünkü yalnızlık kendinle yüzleşmektir... ve hatalarını, yanlış tercihlerini, sana iyi gelen insanları, üzüntüne neden olanları, başını yastığa yalnız koyduğunda anlarsın... Bazen yalnız kalıp kendinle konuşman gerek, yüreğinin sesine kulak ver, bunu sadece yalnız kaldığında başarırsın, yalnızlık iyidir sev onu...

Önyargılarınızdan Kurtulun

Soğuk bir geceydi... Her zamanki gibi en sevdiğim kafeden çıkmış eve gitmek için taksi arıyordum. İçimde tarifi edilemeyen saçma sapan bir sıkıntı vardı, olur böyle arada sıkılırsın sebepsiz. Caddeye geldim, gözlerim taksi arıyordu. Biraz dolaştıktan sonra karşıdaki parkın köşesinde bir taksinin beklediğini gördüm, yağmur da hafif hafif yağmaya başlıyordu. Hemen karşıya geçtim, taksiye yaklaşıp elindeki gazetenin sayfalarına dalan şoföre:

"İyi geceler, müsait mi?" dedim.

"Evet, müsait..." diyerek buyur etti şoför.

Mecbur kalmadıkça asla taksilerde arka koltuğa oturmayı tercih etmem. Arka koltukta oturmak, ne bileyim havalı gibi duruyordu, şoför bunu umursamasa da benim içim rahat etmezdi ve ön koltuğa oturup sahil yoluna gideceğimizi söyledim...

Buradan evime gitmek normal bir havada yaklaşık yarım saat sürerdi, ama şimdi hem gece hem de hava yağışlıydı, yolculuğun biraz uzun süreceği belliydi.

Ben sessizdim, çünkü biliyordum ki şoför mutlaka bir konu bulup konuşacaktı.

Genelde hep öyle olur, tabii onlara da hak vermek gerek, sabahtan akşama, bazen de şimdiki gibi geceye kadar direksiyon sallamak insanı bunaltırdı, sırf vakit daha çabuk geçsin diye şoförler mutlaka konuşmak isterlerdi. Müşterileri de biraz samimi buldular mı susturabilene aşkolsun. Tam tahmin ettiğim gibi olmuştu. Gür saçlı, ince bıyıklı, yüzünden iyi niyetli olduğu anlaşılan orta yaşlarda bir adamdı. Kafasını hiç bana doğru çevirmeden:

"Okuyor musun?" diye sordu.

"Hayır okumuyorum."

"Tabii ya, herkes okumak zorunda değil. Kimileri okumayı sever kimileri çalışmayı. Peki sen çalışıyor musun?"

"Hayır, şimdilik işsizim, çalışmıyorum."

"Bak biz de okumadık, sonuç ne oldu? Gördüğün gibi sabahlara kadar direksiyon sallıyoruz. Dışarıdan güzel görünür bu meslek, kulağa hoş gelir taksicilik ama hiç de öyle değil. Derler ya hani her işin bir zorluğu vardır, işte aynen öyle ben günde kaç yüz görüyorum. Kaçıyla nasıl uğraşıyorum bir bilsen ah..."

Taksi şoförlerinden başka kimse pek bu kadar çabuk konuşacak bir şeyler bulamaz. Bizler ortamlarda, kalabalığın içinde hep birilerinden konu açmalarını bekleriz, en basiti gece yatağımıza uzandığımızda, sevgilim dediğimiz insanla mesajlaşırken, bazen duraklarız. Karşıdan bekleriz konuyu:

"Sen bul."

"Hayır sen."

"Ya hiç mi aklına bir şey gelmiyor?"

"*Sanki senin geliyor.*"

İşte böyle saçmalayıp dururuz.

Konuşacak bir şeyler bulma konusunda taksi şoförleri kurs vermeli…

Başımı çevirip:

"Sizin meslek galiba çok sabır gerektiriyor yanılıyor muyum?" dedim.

"Aynen öyle, çok sabırlı olmalısın. Bazen hakaretlere maruz kaldığımız da oluyor. Ama sessiz kalmalıyız, hatta hiç umursamamalıyız. Duymazlıktan gelmek tek çözüm. Sarhoşu, fahişesi, kabadayısı, krosu, erkeğin orospusu, daha neler görüyoruz neler, bunlarla uğraşmak çok, gerçekten de çok zor bir iş."

"Evet hiç de kolay bir meslek değil, çoğu insan yapamaz yani bunu. Taksiciliği tercih ettiğinize göre çok sabırlısınız."

"Aslında o kadar da sabırlı olduğum söylenemez, sonuçta insanız yani. Sadece mecburiyetlerimiz olduğu için sabretmemiz gerek... Senin gibi genç ve kanımız kıpır kıpır değil ki... Ev geçindiriyoruz, sorumluluk sahibiyiz, çocuk okutuyoruz. Bu yüzden sabretmeliyiz. İş bulmak zor, hele ki tahsilin yoksa. En çok da ne ağırıma gidiyor biliyor musun?"

Sohbetin uzayacağı çok belliydi, zaten şikâyet de etmiyordum.

"Ağırınıza giden ne ki?" dedim.

"Bazen arkadaşıma gidiyorum diye çıkıp bar kapılarından aldığım o genç kızlara üzülüyorum, abisi, babası yaşındaki herifler kollarına girip taksiye atıyorlar ve kafalarını camdan içeriye sokup bana parayı uzatırken, 'Eve girdiğine emin olduktan sonra dönseniz olur mu?' diye kibarlık yapıyorlar. İşte o an, 'Madem tedirginsin, o halde bu yaştaki kız neden bu saate kadar seninle bar köşelerinde? Madem bu kadar çok düşünüyorsun, o halde neden taksiyle yollamayı tercih ediyorsun? Sen bıraksana evine yaratık!' deyip şu koltuğun yanındaki sopayla kafalarını koparmak geliyor içimden! Ama yapamıyoruz işte olmuyor. Biliyor musun dikiz aynasından bazen izlediğim de oluyor bu tür gençleri. Gözlerini açacak halleri yok. Uyuşturucu, içki, ne ararsan var, yaşları en fazla 18-20, hadi 25 olsun. O kadar üzülüyorum ki, evlerine bırakırken aileleriyle konuşmak geçiyor aklımdan, kızınızı şuradan şöyle bir herif bindirdi, belki haberiniz yoktur lütfen sahip çıkın diye, ama işte neyle karşılaşacağımızı bilemediğimiz için uzak duruyoruz... Ah ah, daha neler var böyle neler... Sabaha kadar şehri dolaşsak da bitmez bu hikâyeler..."

Adamın bu konuyu açması canımı sıkmıştı, biraz alaycı bakışlarla:

"Aslında bu tür şeylere çok takılmamak gerek..." dedim.

"Neden?" diye sordu.

"Bakın güzel abiciğim. Anne baba demek, doğurup sokağa atmak, cebine biraz harçlık koymak demek değildir. Sorumluluğu büyüktür, eğer çocuğuna nefretle bakarsan, onu hor görürsen, sevgi şefkat göstermezsen, o çocuğun gözlerinin önünde erimesine sen sebepsindir. Eğer çocuk kendini yaşadığı evin içinde bir sığıntı gibi hissediyorsa, çok zordur o çocuğun doğru yolu bulması. Yanlış yolda değilse de, yakındır o yola girmesi... Çocuğunun gerekirse çevresine dahi karışacaksın. Hatta gerekirse değil! Elbette karışacaksın ve ona öyle güzel öyle arkadaş gibi yaklaşacaksın ki, sözünden çıkmayacağına emin olacaksın... Ve senin sözünden çıkmayan bir çocuk, yanlış yola sapmaz, tabii sen onu yanlış yola itmezsen. Anne baba olmak kolay mı? Sizin var mı çocuğunuz?"

"Var, iki tane. İkisi de erkek."

"Kaç yaşlarındalar?"

"Biri on üç diğeri on beş."

"Allah bağışlasın çok gençlermiş. Mesela diyelim ki, siz küçüğe daha çok ilgi gösteriyorsunuz, onu daha çok sevdiğinizi her fırsatta gösteriyorsunuz. Ve diğeri buna şahit olduğunda, o küçük oğlum, o yüzden daha çok ilgi gösteriyoruz diye kendinizce onu avutuyorsunuz. Bir nevi doğru yaptığınızı sanıyorsunuz ama çocuk bunu umursamaz ki, düşünemez küçük olduğu için daha çok ilgi gösterdiğinizi. Zaten çok da küçük değil, aralarında iki yaş falan varmış, bu çok önemli bir konu. Belli bir yaşa kadar ikisine hep eşit davranmanız gerekir, bunu kasıtlı yaptığınızı elbette söyleyemem, ama farkında olmadan oğlunuza yalnız olduğunu, sevilmediğini tavırlarınızla hissettirirseniz o çocuk kardeşine olan ilgiyi kıskanır. Demek istediğim çocuklara eşit davranılmalı. Bir çocuğun kendini sahipsiz hissetmesi ona o kadar çok acı verir ki, kendinden nefret etmeye başlar. Bilemiyorum ama o taksinize aldığınız gençler düştükleri batakhanelerde elbette mutlu değillerdir, dediğim gibi kalabalığın içinde kendini yalnız hissediyorsan, önce buna sebep olanlardan, sonra da kendinden nefret edersin. Hangi yolun nereye çıktığını düşünmeden, orada kaybolup gidersin..."

"Ben bu açıdan bakmamıştım hiç. Bar kapılarından girerken yüzleri güldüğü için, çok memnun olduklarını sanıyordum."

"Önyargılar, yargısız infazlar işte..."

"Nasıl? Anlamadım..."

"Hiç, öylesine söylenip duruyorum... Yok bir şey."

Bu sohbetten pek memnun olmadığı sessizliğinden anlaşılıyordu... Ve bana öyle bir konuyla gelmişti ki, daha fazla uzatmamak için kendimi zor tutuyordum.

Keşke, o gençleri eleştirmek yerine bu yola nasıl, neden düştüklerine kafa yorsalar...

Ama bunu asla yapmazlar, malzeme hazır toplumun dışladığı, insanların nefretli bakışlarına maruz kalan gençlerin ta kendisiydi bunlar... Elbette ki eleştireceklerdi...

Aksini yapmak, yanlarına bir dost gibi yaklaşmak çevreye ters bir hareketti. Biraz olsun iyi niyetle davranmaya kalkıştığında, çevrendekiler seni de kötü bilirlerdi, bu da onlardan diye söylenip dururlardı. Hal böyleyken peki suçlu kim? Herkes birbirini eleştirecekse, yargısız infazlara maruz kalacaksak suçlu kim? Hiç boşuna suçlu arama, suçlu yine bizleriz... Sen, ben, o, bu, şu... Hepimiz işte... Evrendeki tüm insanlar suçlu! Çünkü hepimiz önyargılı davrandık, hepimiz herhangi bir konuda biraz olsun haklı olduğumuza inanıp dinlemeyi tercih etmeden karşımızdakini sözlerimizle ezdik, hırpaladık. Ve bizi de öyle yaptılar, bize yapanlara da aynısını... Yani suçlu aramaya gerek yok hepimiz suçluyuz... Asıl soru şu: Bu böyle devam mı edecek? Hayır etmeyebilir, bir şeyleri değiştireceksek buna kendimizden başlamalıyız... Artık asla önyargılı davranmamak için sözler vermeliyiz kendimize ve duymaktan nefret ettiğimiz şeyleri başkalarına da söylememeyi öğrenmeliyiz. Kim bilir belki de toplum düzelebilir, neden olmasın ki? Toplum düzelmese de senin hayata bakış açın değişir, bu da güzel bir şeydir. Önyargılarından kurtulursun...

Tıpkı Bob Marley'in dediği gibi:

"Sen kim oluyorsun da benim yaşadığım hayatı yargılıyorsun? Ben mükemmel değilim ve olmak zorunda da değilim! Parmağınla beni işaret etmeden önce ellerinin temiz olduğundan emin ol!"

Ah!

Bazen ne için yaşadığımı unutuyorum.

Sonra sen geliyorsun aklıma, toparlanıp acıya kaldığı yerden devam ediyorum. Sanki sahiden acı çekmek için doğmuşum gibi bir his var içimde. Çek diyorum, çek, dibine kadar acıyı çek. Çık sokağa kalabalığın içine sız, insanların yüzlerindeki ifadeyi izle, anlamaya çalış her birini, neden yaşadıklarını, hedeflerini, hayattan beklentilerini çöz ve yaklaş en masum görünenine, senden bir halt olmaz diye söv yüzüne. Masumsun, çünkü iyi kalplisin, bu yüzden hep kaybedeceksin tıpkı benim gibi. Yazık sana, bana, bizim gibi vicdana sahip insanlara. Niye yaşıyoruz ki, mutlu olmak için mi! Mutluluk kimde? Mutlu olduğumuza inandığımız zamanlarda bırakıp gitmediler mi! Kimi seviyoruz ki? Yalnızlığa itip, acıyla kıvrandıran kişiliksizleri mi? Niye seviyoruz ki! Boş ver, unut diyeceğim ama bunu kendim bile yapmayacağım biliyorum. Alıştık bir kez acıya ama bizi de anlayacaklar zamanla, çünkü kimsenin ahı kimsede kalmayacaktır asla.

Korkma!

Daha fazla zorlaştırıp dert etmenin bir anlamı yok. Seviyorsan ara, ne kadar çok olduğunu anlat, özlüyorsa bunu ona hissettir, rüyalarına giriyorsa bir ömür yanında görmek istediğini söyle, çünkü içine attıkça, büyür yangınların. Belki de yarın çok geç olabilir, bu gece ara ve biriktirdiğin tüm kelimeleri haykır, kim bilir belki de duymak istediği, anlatamadıklarındır...

Artık yokluğun hiçbir şey ifade etmiyor
Şimdi varlığın kimi meşgul ederse etsin...

Dün terk edildim, bugün hâlâ seviyorum.
Yarın daha çok seveceğim.

Birine ait olmak güzel bir duygu.
Kocaman olsan da, kollarında çocuklaşmak istersin bazen...

Korkak Alıştırma Kalbini

Malzemeden çalınarak inşa edilen bir aşk çabuk yıkılır biliyorum ama ben temeli çok sağlam attım. İspat istersen eğer adresim hâlâ aynı gel. Gel de ne denli çok sevildiğini gör. Böyle uzaktan uzağa yalnızca satırlarla anlatabilirim ve ne söylesem eksik kalır. Mesafeleri ardında bırak. Sevmek çok zor değil, inan bana. Korkak alıştırma kalbini, bir kez deneyelim. Pişman olursan söz ben sessizce giderim. Tek isteğim seninle aşkı yaşamadan ölmeyelim...

Şikâyet Etmeden Sevdim

Biliyor musun, çok yorgunum...

Ayağa kalkıp sana koşabilecek halim dahi yok. O yüzden hadi sen gel. Nerede olduğumu sorma, çok değil biraz düşün anlarsın hâlâ bıraktığın yerde beklediğimi. Biliyor musun, başkasını sevmeye cesaretim de yok.

Ve seni unutmayı hiç istemiyorum. Sana dair hayalini kurduğum küçük mutluluklar biriktirdim kalbimin kıyılarında. Bir dokunsan tenime kanatlanıp uçabilirim. Bir dokunsan saçlarıma kasım yağmurlarında temmuzu yaşayabilirim. Çünkü seni, kendi kabuğumda savrularak hiç şikâyet etmeden çok düzensiz sevdim!

Çünkü birini karşılıksız sevdiğinizde, hayat sizin için hiçbir zaman adaletli olmayacaktır!

Biraz da Sen Sevsen?

Mesela sen aklıma geldiğinde gülümsüyorsam seni seviyorumdur.

Mesela, uyandığımda aynadaki yüzümden önce seni görmek istiyorsam seni seviyorumdur. Mesela, geceleri uyumadan önce sesine ihtiyaç duyup arıyorsam seni seviyorumdur.

Mesela özlediğim anlarda fotoğraflarınla yetinebiliyorsam seni seviyorumdur.

Mesela kendini iyi hissetmediğin zamanlarda, bunun nedenini sormadan yanında olmak istediğimi söylüyorsam seni seviyorumdur. Biraz da sen sevsene.

Ömrüm

Öfkelerim satırlara vuramadığım boğazımda düğümlenen kelimelerimdi. Yazamazdım, seni incitecek sözleri şiirlere sığdıramazdım. Üzülmeni hiç istemediğim için, içinde tebessüm eden kelimelerim vardı okuduğun her şiirde. Ne çok da yakışıyordu sana yanağındaki çukurlar. Yani mümkün olsaydı eğer, gömülmeyi çok isterdim gamzelerine. Gücenme ama seninle aşkın o görkemli yolunda yürüdüğümüzde ayrılık ihtimalini düşündüm, belki de bu yüzden hâlâ ayaktayım! Benliğimi tamamen verebilseydim sana, ayrılıktan sonra ölebilirdim.

Üzülme... Seni sevdim. Çok sevdim ruhum... Kırılma sakın, seni severken hiçbir aşka özenmedim.

Şimdi yoksun.

Kızmıyorum, sitem etmiyorum geceye, zamansız sevmiştik birbirimizi, ama ayrılmanın henüz vakti değildi. Severken hangi ten vazgeçer ki sevilen tenden? Birimiz eksiktik diğerimiz fazla sevmişti, bir türlü eşitliği sağlayamadık. Mesela aynı anda adımızı anmadık, aynı anda ellerimiz dudaklarımıza değmedi ama değmeliydi ruhum.

Çünkü aşk buydu, çünkü aşk hiç beklemediği anda şaşırtmaktı sevdiğini, şaşırıp tebessüm ederek ağlamaktı.

Kabul et düşlerini süsleyen o karakter ben değilim, gittiğin gece emin oldum. Hayali zihnimi bulandıran kadın sen değildin ama yemin ettim, senden sonra ellerim başka bir kadının saçlarında kaybolmayacak. Yemin ettim senin gibi yürüyen, senin gibi gülen, gözlerin gibi bakan, sen gibi kokan hiçbir kadının yanından dahi geçmeyeceğim. Belki de gidebilirim, bu şehirde biriken hatıralarımızı yakabilirim ama sen mutlu ol ruhum, düşlediğin o mükemmel karakteri bul, ona sarıl, ona dokun, onu hisset... Beni düşünme, sensiz de yaşayabilirim sen olmadan da yazabilirim, ayrılık kokar biriktirdiklerim, biraz hüzün, birkaç damla gözyaşı galiba yazabilirim. Eksik harfler olabilir alfabemde, adın kalır her şiirin başlığında, avunabilirim yazdıklarımla, tozlu raflarımı süsleyebilirler mesela.

Yapabilirim ruhum, senden sonra sadece senin eksik olduğun bir düzen kurabilirim. Yeter ki sen mutlu ol...

Kendine Güven

Gözlerini tavana dikip kurduğun hayaller var ya, inan sen onları başaracak kadar güçlüsün. Sadece önüne çıkacak engellerden korkuyorsun, yenilgilerin seni güçsüz kılacağına inanıyorsun. Oysaki, yaranın kapandığı yer daha sert ve daha dayanıklı olur. Şu an belki de dilediğin hayatı yaşayamıyorsun ve bu durum seni olabildiğince mutsuz ediyor. Ama gerçekten istersen kurduğun hayallere dokunabilirsin. Çok düşün, mantıklı kararlar verip bir yol çiz. En önemlisi, ilk kuralın, karşına ne tür engeller çıkarsa çıksın, asla vazgeçmemek olsun. Savaşmaktan korkma! Yenilgiler tecrübedir unutma...

"Bilmem. Seviyor gibiydi..."

En kötüsü değil miydi, "Bilmem. Seviyor gibiydi..." demek.

Sırf sevdiğin için, onun gülümsemelerini üzerine alındın. Seninle konuşmasını, yürümesini ya da başkalarına anlatamadığı bir şeyi gelip sana anlatmasını "sevdiği için" diye yorumlayıp hayaller kurdun. Çevrendeki insanlarla mutluluğunu paylaştın. İçinde tarifsiz bir sevinç, heyecan, sıcaklık vardı. Bu tür mutluluklar güzel bir filmin fragmanı gibi kısa sürer. Ve gözlerin onun bir başkasına ait olduğuna şahit oldu. O an enkaz altındaymış gibi hissettin kendini, sonra kıyametler kopmaya başladı kalbinde. Günlerce evden çıkmak istemedin, telefonun hep kapalıydı. Şarkılara sığındın. Sana iyi gelmeyeceğini bildiğin halde hep o şarkılarla ağladın. Sonra aynadaki yüzüne sövdün, bağırdın, sitem ettin. Ve neden bu kadar çok kapıldın diye sordun kalbine.

"Bilmem. Seviyor gibiydi..."

Artık Bunu Anlayın!

Kadınların aşktan beklediği şeyin dürüstlük ve güven olduğunu bir türlü anlamıyorsunuz. Aklınızda hep farklı düşünceler. Ve bir de dudakları çekici bir güzelliğe sahipse hiç hâkim olamıyorsunuz uçkurunuza. Bir türlü kafanız basmıyor o kadının gerçekten sizi sevdiği için kanatlarınızın altında durduğunu. Anlamak istemiyorsunuz, kadın sessiz bir gece de ona yalnızca aşkla sarılmanız için yanınıza sokulduğunu. Anlamıyorsunuz sizi ötekilerden farklı tuttuğunu. Ve bir de utanmadan yüzüne seni seviyorum diyen yalanlarınız yok mu! Sevmek bu mu? Sevmek seni seven kadının bedenine sahip olmanın hayalini kurmak mı? Olmaz olsun böyle sevgi. Sizin gibi kişilikten yoksun insanlara koşun. Yanınızdaki kadının temiz hayallerini daha fazla kirletmeyin. Sevmek bedenine sahip olmak değil, sevmek yokluğunda dahi varmışçasına onu yaşatmaktır. Artık bunu anlayın. Yalnızca o zaman yanınızdakini hak edersiniz.

Her Şeyde Seni Aramak

Geriye dönüp baktığında mutsuzluklarının mutluluklarından çok olduğunu görüyorsan. Şarkıların nasıl söylendiğine değil de, aslında sözlerine dikkat edersin. Ve kitapları sadece okumak için değil, sayfalarda sana ait bir şeyler bulmak için okursun.

İçinde Yaşa Aşkı

Bazen, seni seviyorum dememek en doğrusudur. Sanki dudaklardan çıkınca büyüsü bozulacakmış gibi. Ve içinde yaşarken de asla hiç bitmeyecekmiş gibi hissedersin. Mutlusun, gülümsüyorsun yüzüne söylemeden önce. Kendince yaşıyorsun aşkı sevgiyi içinde, habersiz seviyorsun ve mutlusun. Yüzüne söylediğin zaman karşındaki nasılsa istediğimde gelir düşüncesiyle seni "yedek" listesine alabiliyor. Sen sevgini ona anlattığın için gereğinden fazla sıkılmaya başlıyorsun. Acaba çok mu kızacak, acaba tekrar onu görebilecek miyim, acaba benden nefret mi edecek, acaba mesaj atacak mı? Belki de oda beni seviyordur, ya da belki de bir şans verebilir diye düşüncelerle, içindeki merak ateşini daha çok tutuşturuyorsun. Ve o aradığını bulamayınca yedek listesine gülümsüyor. Ne yazık ki sen de bunu aşk sanıyorsun. Sonra ne mi oluyor? Tabii ki de çok geçmeden işlerin yolunda gitmediğini seni terk etmesinden anlıyorsun. Ne vardı yani söyleyecek, söyledin de ne oldu? Seninle istediği gibi oynadı ve işi bitince de adeta masanın üzerine bırakılan bir para gibi kendini kirli hissetmene neden oldu. Aşktan soğudun sonra ve hatta seni seviyorum cümlesini bir daha ağzına almak istemedin, nefret etmeye başladın tüm aşklardan... Bunca olanlar yüzüne seni seviyorum dediğin için oldu. Pişmanlıklara hapsoldun. Yüzüne haykırmadan önce kurduğun dünyanda, hayallerinde mutluydun... Oysa şimdi, hayaller de suya düştü, kurduğun dünya da yanıp kül oldu. Bazen söylememek en doğrusudur. Söyleyince büyüsü bozulur. Ve bir de sevdiğin insan güvenilir biri değilse, sahiden de içinde yaşamak en doğrusudur...

Yalnızlığı Sev

Yalnız insanlar duygusal şarkılar dinlerler yalnız insanlar; konuşmayı tercih etmezler.

Kelimeleri hep kalbinde saklarlar yalnız insanlar; tüm insanlardan uzak durmayı tercih ederler. Yalnız birine acından bahsetme, içinden çıktığı savaşı ağlarsa sayfalara. Kendi acına gülümser şükredersin haline. Yalnız insan olabildiğince dürüsttür. Ve hak etmediği kadar değer verdiği için birilerine, kendi kabuğuna çekilip yaralarına yine kendi merhem olur!

Yalnızların en iyi dostu birkaç sigara paketi, demli çay ve şarkılardır. Yalnız birinden sevgi bekleme, takati kalmamıştır artık dik durmaya ve birilerini sevmeye. Yalnız insanların kaybettiği çoktur! Ve kaybettikleri hep en çok sevdikleridir. Yalnız insandan uzak dur! Onun yüreğindeki yangın asla sönmeyecektir. Başka tenlerde aşkına ihanet etmek yerine, acıyı bile mükemmel çeker yalnızlar. Yalnızlar gecenin zifiri karanlığını daha çok severler. Onu terk edeni, ondan kaçanı, aşkından korkanı, kalbinin kırılacağını bile bile hatırlar. Hatıralarına dokunur, dönmeyeceğini bilir. Ve buna rağmen kalan eşyalarından dahi hâlâ çok sever.

Aslında sevilmeyi en çok yalnız insanlar hak eder.

Acımasız Gerçekler

Hayatım boyunca çok insan tanıdım, çoğuyla vakit geçirdim, çoğunun neler istediğini öğrendim. Ama o farklıydı, farklıydı işte. Neredeyse bir yıldır tanırım. Onunla ne zaman karşılaşsak nasılsın diye sorardım, cevabı hiç değişmezdi, hep iyiyim derdi. Kötü olsa da gülümser, hep iyiyim derdi. Yanında birilerini de hiç görmezdim, sürekli yalnızdı. Gizemli oldukça ona ilgim daha çok artıyordu. Sadece tek bir şarkıyı hiç bıkmadan günlerce dinleyen biriydi. Bir gün sabahın dokuzunda otobüs durağında beklerken gördüm onu, yanına gidip tekrar nasılsın diye sormuştum, cevabı yine değişmemişti.

Aynı otobüse binip yan yana oturduk.

Nereye gittiğini sordum.

"Hiç!" dedi.

"Nasıl yani? Nereye gittiğini bilmiyor musun?"

"Hayır, bazen kafam estiğinde otobüse biner, saatlerce şehri dolaşırım..." dedi.

"Peki bunu neden yapıyorsun?"

"Yapacak daha güzel bir şey aklıma gelmediği için."

"Çalışmıyor musun?" diye sordum.

"Hayır, babamdan kalan emekli maaşıyla geçiniyorum. Zaten plan yapmayı seven biri değilim, babamın bana kalan maaşı yetiyor, ev de zaten ondan kaldı. Yani çalışmamı gerektirecek bir durum yok ortada..." dedi.

Dışarıdan bakıldığında, gayet mutlu, eğlenceli, biraz da havalı gibi görünen tiplerden, fakat onunla konuşunca derinlerde bir yerlerde bazı şeylerin kırıntısı kaldığını düşünüyordum. Sanki çektiği acıdan kurtulmak için çırpınmaktan yorulmuş, bu yüzden bununla yaşamayı öğrenmiş biri gibi duruyordu. Onunla daha çok sohbet etmek istiyordum. Cesaretimi toplayıp:

"Benim de şu an bir işim yok, istersen bir yerlerde oturup bir şeyler içelim..." dedim.

Bir şartla kabul etti o da, nereye gideceğimize kendisi karar verecekti.

Otobüsten inip taksiye bindik.

Şoföre, "Kaybedenler durağına gidelim!" dedi.

Bu şehirde yaşamama rağmen daha önce bu yerin ismini hiç duymamıştım.

Bendeki merak daha çok artmaya başlamıştı. Şehrin ıssız yerlerine doğru gidiyorduk. Uzun ve dar bir yola girmiştik, etrafta birkaç ağaçtan başka bir şey yoktu. Dayanamayıp, "Nereye gidiyoruz?" diye sordum.

"Sabret..." dedi.

Sustum. Başımı çevirip etrafı seyretmeye devam ettim.

Bir saat sonra falan, gölün kenarında, küçük bir kafenin önünde indik.

Kafe eski bir yapıttı, içeri girip balkonda oturduk. İçeride geceden kalma üç beş kişi daha vardı. Ben hâlâ şaşkındım. Yanımıza gelen garsondan, közde pişirilmiş iki demli çay istedi. Sonra bana dönüp, "Bu soğuk havada içilecek en iyi şey çaydır. Ama közde pişirilen çay..." dedi.

Ben bir an önce konuya girmesi için gözlerinin içine bakıyordum. Sahi konu neydi ki? Konuşmamız gereken bir mevzu mu vardı? Hayır. Ama beni bu ıssız yere getirmesinden anladığım tek şey, uzun uzun içini dökmekti. Anlatmak istediği bir şeyler olmasa ayaküstü pek önemi olmayan şeylerden bahsedip çekip giderdi. Buraya gelmemizin bir nedeni olduğunu düşünmüştüm. Boktan konular hakkında konuşmak için saatlerce o yolu çekmemize gerek yoktu.

Ben hâlâ gözlerinin içine bakmaya devam ediyordum. Ama o da sanki ilk benim bir şeyler söylememi bekliyordu. Meraklı biri olduğum için, "Beni buraya neden getirdin?" dedim.

"Bir şeyler içmemizi isteyen sendin..." dedi.

"Evet ama ne bileyim ben herhangi bir yerde oturur biraz sohbet edip gideriz diye düşünmüştüm..." dedim.

Ayağa kalkıp, "O halde hadi dönelim..." dedi.

"Hayır, hayır, onu demek istemedim, ben sadece bu kadar uzak bir yere neden geldiğimizi merak etmiştim."

"Evet ama sanki görüşmeyi ben istemişim gibi konuşuyorsun."

Özür diledim.

Biraz sessizlikten sonra:

"Birini seviyor musun, hayatında var mı özel biri?" diye sordu.

Böyle bir soruyu beklemediğim için şaşırmıştım.

Ve o şaşkınlıkla birkaç kelimeyi kekeleyerek cevap vermiştim.

"Iıı... şey, yani tam olarak sevmek denilemez ama ilgi duyduğum, hoşlandığım biri var."

"Peki onun bundan haberi var mı?"

"Hayır, ben bu aşk konusunda hem korkağım hem de umutsuz. O yüzden kendi içimde yaşıyorum, kendimce hayaller kuruyorum, sanki onunla birlikteymiş gibi düşünüyorum, mesela bazen evde beni bekliyormuş gibi hayal ediyorum. Yani kendimce bir dünya kurmuş istediğim gibi bizi şekillendiriyorum. Saçma sapan gelebilir ama bunları yaparken yüzüm gülüyor."

"Hayır, insanın kendisine iyi gelen şeylerle ilgilenmesi neden saçmalık olsun ki?" dedi.

Neden bilmiyorum ama bu cevabı aşk konusunda bana güven vermişti o an.

Ve sonra aynı soruyu ben ona sormuştum.

"Boş ver, bunlar anlamı olmayan konular..." dedi.

"Ama ben sana dürüstçe cevap vermiştim, senden de aynı şeyi beklerdim dedim."

Gözlerinin önüne sarkan saçlarını arkaya doğru savurup:

"Vaktinde sevmiştim, ama şimdi asla... Hiç kimseyi almayacağım hayatıma!" dedi.

"Kararına saygı duyarım, ama büyük konuşmamak lazım. Belki hiç ummadığın anda biri çıkar karşına ve düşüncelerin değişir..." dedim.

Gülümsedi.

Ama öyle sıradan bir gülümseme değildi.

Attığı alaylı bakışın altında acı, gülümsemesinde de koca bir siktir gizliydi.

Önümüzdeki masaya yaslandı elleriyle yüzünü gizleyip.

"Hayatım boyunca yalnız bir adamı sevdim, babam bu ilişkiyi pek onaylamıyordu, annemse hiç sesini çıkarmıyordu, karışmıyordu ilişkimize. Aramızda tam on sekiz yaş fark vardı. Çoğu arkadaşlarım da onaylamıyordu bu ilişkiyi, ama sevmiştim, onların karşı durmaları umurumda bile değildi. Onların bana, yanlış yapıyorsun, aranızdaki yaş farkı ciddiye alınmayacak kadar az değil demelerine kulak asmadan sevmiştim onu. Babam tanıdığım en sakin insandı. Bir gün beni karşısına alıp, 'Bak kızım, henüz çok gençsin, ondan hoşlanıyor olabilirsin ama bunu uzatma, ciddi bir ilişki düşünme. Senin kalbinde kelebekler uçuşuyor olabilir. Ama hep böyle sürmeyecek. Yıllar sonra düşünceleriniz değişecek ve bu yanlışının farkına varacaksın. Ama geç olacak!' derdi. Babamın o söylediklerini de ciddiye almamıştım. Ve bir gün, ne oldu biliyor musun? Başıma gelebilecek en kötü şeyle karşılaştım. Allah kahretsin, sevdiğim adamla annemin ilişkisinin olduğunu öğrendim, buna kendi gözlerimle şahit oldum! İşte o an tüm hayallerimi, umutlarımı, her şeyimi kaybetmiştim. O an hissettiğim acıyı tarif edemem, ne söylesem eksik kalır... Çok geçmeden evi terk ettim, çünkü annemle yüz yüze gelince korkunç şeyler yapacağımı bildiğim için uzak kaldım. Ve kısa bir aradan sonra, yanında kaldığım arkadaşım beni arayıp babamı kaybettiğimi söyledi. Henüz o acıyı atlatamazken daha büyüğü de üzerine eklenmişti. Eve döndüğümde annemi bulamadım. Babamı yeni gömmüşlerdi. Mezarının başında haftalarca hıçkırıklara boğulduğumu bilirim. Doktorlar kalp krizinden öldüğünü söylediler. Annem babamla tartışırken hiç utanmadan onu aldattığını itiraf etmişti. Ve babam bu defa krize yenik düşmüştü. Daha önce de birkaç kez kriz geçirmişti. Ama bu çok ağırdı... Ne boktan bir şey değil mi? İşte benim hikâyem de bu. Nasıl olur da hâlâ hiçbir şey olmamış gibi insanlara güvenebilirim ki? Nasıl olur da aşk denilen saçmalığa bir kez daha kanabilirim ki? Bir adam sevdim ben. Ve tüm hayatım mahvoldu. Bir adam sevdim ben. Ailemi kaybetmeme neden oldu... Bir adam sevdim. Güvendiğim omuzdan yoksun kaldım. Bir adam sevdim *kahramanımı* kaybettim... Biliyor musun, neye ağlayacağımı bilemiyorum artık... Sevdiğim adamın şerefsizliğine mi, annemin ihanetine mi, yoksa babamı kaybettiğime mi? Söylesene neye üzülüp ağlayayım? Kendimi çırılçıplak hissediyorum ve hayat acımasızca kırbaçlıyor bedenimi, kalbim cehennem ateşini hissetmiş gibi. Ben artık o kadar çok yoruldum ki. Ve yaşadığım bu acılar o kadar bambaşka bir hal aldı ki artık gülümsüyorum. Evet resmen halime gülümsüyorum, insanlar hikâyemi bilmesin, beni güçlü biri sanmalarını istediğim için, umursamaz tavırlar sergiliyor gülümsüyorum. Ama bu son zamanlarda, artık bu acı içime sığmıyor gibiydi. Birileriyle paylaşmak ve sonra rahat rahat hıçkırarak ağlamak bir nebze rahatlatacaktı beni. O yüzden hikâyemi sana anlattım. Ve ne olur buradan kalkıp gittikten sonra beni tekrar görünce hikâyemi bilmiyormuş gibi davran, unutmuş gibi yap. Çünkü acıyarak bakman acıma acı katar. Sana güvenmek istiyorum... Güvenebilirim değil mi?"

Sessizdim. Hem de çok sessizdim, sadece başımı salladım, evet dercesine.

Ne diyebilirdim ki?

Başımıza gelmediği için bazı hikâyeleri saçma buluruz, inanmak istemeyiz. Aptalca gelir. Ama bunlar hayatın gerçekleri, hiç kimse dışarıdan gördüğümüz kadar mutlu olmadığı gibi sandığımız kadar üzgün de değildir. Ve ben onu kendince mutlu biri olarak görüyordum, meğer o sadece maske takıyormuş. Ona bunu yansıtmasam da acımıştım, içimden sadece ona sarılmak geçiyordu. Ama bunu yapamazdım... Çok şükür dedim yaşadığım hayata... En küçük şeyleri dert edip bazen intiharları düşünüyoruz. Meğer bizler ne kadar da ahmakmışız. Küçük derdimize de şükretmemiz gerekmiş, çaresi bulunacağı için. Yaşadıkları insanın başına gelebilecek en kötü şeylerden biri olmasına rağmen yine de yalan da olsa gülümsemeyi becerenler var hayatta. Acımasız gerçeklerle de yaşamayı öğrenen insanlara bakıp onların zor da olsa dik duruşlarına özenmeliyiz. Bizler sevdiğimiz insandan ayrı kalınca, her şeye küsüp sanki tüm hayatımız elimizden alınmış gibi üzülüyoruz. Bu hikâyeden sonra insanların sözlerine güvenmek için iki kez düşünmem gerektiğini anladım...

Akşama doğru kalkıp gittik oradan.

Evine kadar eşlik ettikten sonra, bir sigara yakıp kederli kederli eve doğru yürümeye başladım...

İnsan bazen
Elini uzattığında dokunabileceği kadar
yakınında olanı değil
Sadece kurduğu hayallerde birlikte olabileceğine emin
olduğu kişiyi sever.
Ve bu da bir kez daha aşkta mantık olmadığını gösterir.

Vazgeçilmez olduğunu sandığın için vazgeçtim!

Bazen en kötü şeydir, seni unutanları hatırlamak.

Bazen...

Bazen kendine çok kızıyorsun değil mi?

Herhangi birini hayatına alıp onu çok özel kıldığın için.

Bazen kendine çok kızıyorsun biliyorum, hatta kızmakla kalmayıp gidenleri hatırlayıp eziyet ediyorsun kalbine, ama gidenler unutulmalı. Senin değil gidenlerin kaybettiğine inanmalısın. Çünkü "hep kendin gibi" birini isterdin hayatında, ama karşına, hayalindekinden uzak olanlar çıkıp duruyor, yine de yaşamak istiyorsun aşkı, belki de zamanla değişir ve sever ümidiyle. Oysa zamana bıraktığın aşk her geçen gün seni mahvediyor, vazgeçmedikçe daha çok bağlanıp kırılıyorsun. Peki bugüne kadar gidenlerin ardından ağlaman neyi değiştirdi ki? Geri dönmelerine neden oldu mu gözyaşların, olmadı değil mi? Aşk öyle dengesizdir ki, bazen tüm ümidini kestiğin anda gelip seni bulur, bazen de birini çok istediğinde uğramaz kapına... Sadece oluruna bırakmak lazım, belki de ileride daima gülümseyeceğin bir ilişkiye sahip olacağın için acılarla bu kadar erken tanışıyorsundur kim bilir.

Uzaktan Sevmek

Gece çöker.

Bir şarkı açar yatağına uzanırsın.

Cebinden telefonu çıkarır, o silemediğin mesajları okursun yeniden. Ne kadar da çok sevdiğini söyleyen mesajları var değil mi? Ne kadar da çok birbirinize yaptığınız tatlı şakalar gizli. Gülümsersin, gülümsersin işte her birini yeniden okurken, bazen gözlerinde yaşlar birikir, ama yine de gülümsersin, o aptal romantik mesajlarına, yapabileceğin başka hiçbir şey yoktur çünkü, arayamazsın, telefon tuşlarına değmez parmakların, uzun zamandır görmediğin kişinin on bir haneli numarayı çevirdiğinde sesini duyacağını bildiğin halde bunu yapmaya cesaret edemezsin! Defalarca numarayı çevirir çalmadan kaparsın. Çünkü bilirsin sen özlediğini söylemeden, o bittiğini tekrar yüzüne vuracağını. Çünkü bilirsin, umurunda olmadığın biri için kolaydır bitti demesi, çünkü bilirsin onun gözünde artık bir ayrıcalığının olmadığını, bilirsin hiç acımadan kalbini kıracak kelimeler sarf edeceğini... Bu yüzden arayamaz yalnızca fotoğraflarına bakmakla yetinirsin. Oysa sen onunla saatlerce telefonda konuşmaya da razıydın. Nefesini duymak dahi yeterdi sana. Uyusa da sen yine de kapamazsın telefonu. Aşk aptallaştırır. Aşkın yaptırdıklarına karşı koyamazsın. Ağlarsın, hıçkıra hıçkıra ağlarsın mesafelere. Ağlatır seni şarkılar... Mutlu olmak için sevdiğin insanın seni yalnız bırakması aşkın adaletsizliğini bir tokat gibi çarpar yüzüne yeniden... Ve sen hiçbir şey yapamaz, her geçen gün devam edersin uzaktan sevmeye.

Şarkılar

İnsan şarkıları neden çok sevip sahiplenir bilir misin? Çünkü yaşadığı onca şey bir şarkıya sığmıştır. Anlatmaya cesaret edemedikleri o şarkının sözlerinde gizlidir. Bu yüzden bir şarkıyı sahiplenip defalarca dinleriz...

Zaman

Zaman her şeyin ilacıdır deriz, ama hayır öyle değil... Zaman bazen ilaç olmak yerine yaraya tuz basar. Zamanın unutturamayacağı insanlar vardır.

Zaman kalpteki yaraları kapatamaz. Birini gerçekten sevdiğinde, zaman akıp gitse de aslında senin için, onu sevdiğine emin olduğun o gün zaman durmuştur. Birini yıllar sonra ilk günkü gibi hâlâ çok seviyorsan o kişi zamanın unutturamayacağı insandır. Kalbine unuttum dersin, unutmuş gibi yaşayıp gidersin. Ama bir şarkı çalar, aslında ne kadar da çok özlediğini anlarsın. Bizler bazı insanları birkaç beden büyük sevdiğimiz için zaman onları unutturamaz.

Kadın Erkekten Ne İster?

Başını omzuna yasladığında "Burası kendimi güvende hissettiğim yer..." dedirtecek kadar sahiplendiğini hissetmek ister. Gece yarısı telefonun çalmasını ve "Biraz sesini duyayım öyle uyurum..." demeni ister. Yanındayken eğer ağlıyorsa, bunu açık açık söyleyemez ama yanaklarında biriken yaşları senin silmeni ister... Ve eğer çok gülümseyen biriyse, bir çocuk gibi onunla tatlı tatlı şakalaşmanı ister, bunları yapmak aklına gelmiyorsa, en azından elini tut ve onu koklayarak öp. Sen ona değerli olduğunu hissettirirsen eğer, şüphen olmasın o da seni tahmin edemeyeceğin kadar çok sever.

Ben Uyurken Gel

Ben artık çok sıkıldım sürekli uğradığımız kafede garsona sadece bir kahve sipariş vermekten, otobüste tekli koltuklara oturmaktan, aşk kokan güzel bir filme yalnız bilet almaktan, nasılsın diye sorduklarında iyiyim yalanına sığınmaktan, yağmurda sana sarılıp ısınmak varken ellerimi soğuk ceplerimde saklamaktan. Çift kişilik yatağımda yalnız uyumak da neyin nesi? Parfüm kullanmamı da istemezdim sen sarılıp boynumdan öperken sadece tenimin kokusu üzerine sinsin diye. Hâlâ gittiğin yerde beklemek neden? Bu yalnızlık ikimize de haksızlık, bekliyorum bir gece ben uyurken gel ve sabah beni o tatlı uykumdan günaydın öpücüklerinle uyandır.

Beni Çok Sev

Çünkü daha önce benim de kalbim kor ateşlerin sıcaklığını hissetti, benim de uğradığım aşklar canımı yaktı. Biliyorum senin de yaraların oldu ve ben onları birer birer sarmaya geldim. Ve ben birinin o küçük yüreğinde kocaman sevildiğini hisset diye karşındayım. Bence beni sev, çünkü sana "Ben onlardan değilim!" diye yalan söylemeyeceğim. Aynen onlardanım, hani şu küçük mutluluklar için büyük fedakârlıklar yapmaktan korkmayanlardanım. Bence beni sev, çünkü ikimiz de buna değeriz, hiç değilse birbirimizin yaralarını sararız. Bence sen en iyisi beni çok sev.

İyi Geceler Öpücüğü

Başlangıçta her aşk masumdur, aşk henüz yeniyken sürekli insanı gülümsetir, içinde mutluluklar vardır, ama sonra zaman geçtikçe sen ona daha çok bağlanırken o aşka son vermenin yollarını aramakla yorar aklını... Hepimiz sesinde huzur bulduğumuz insana kolay bağlanırız, dışarıdan bakıldığında ne kadar zeki, güçlü, çalışkan gibi gözüksek de aslında sevdiğimiz insanın sesine yenik düşecek kadar zayıfızdır. Ve en büyük korkularınla yüzleşmenin vakti gelir, hayat çoğu aşka olduğu gibi, senin de yaşadığın aşka mutlu bir nokta koymaz... Yine de beklersin, öylece beklersin, elinden yapacak bir şey gelmediği halde yatağında uzanırken iyi geceler öpücüğünü beklersin, ama o seni telefonunun başında sabahlatır...

Yalnızlıktan Korkmuyorum

Kimseyi umursamıyorum.

İnsanların hakkımda ne düşündüklerine değer vermiyorum.

Sizin doğrularınıza boyun eğmektense, kendi yanlışlarımın arkasında durmayı tercih ederim. Ve yaptığım şeylerin hesabını vermek zorunda da değilim. Eğer sevecekseniz beni böyle sevin. Yalnızlıktan korkan biri de değilim merak etmeyin!

Afra'ya Mektup

Bunları sana yağışlı bir gecede yazıyorum... Yağışlı ve sessiz, bir o kadar da yalnız bir gece.

Öyle çok canım acıyor ki içimde biriken düş kırıklıkları sayfalara ağlıyorum. Gökyüzü kadar temiz bir sayfaya acılarımı sığdırmak çok zor, asıl dayanılmaz olan buna muhtaç olmak. Senden sonra yalnızlığıma eşlik ediyor demli bir çay ve içimi çürüten ucuz bir sigara. İyi geliyor bazen. Bir yudum çay alarak gözlerimi tavana dikip senli düşlere dalmak. Şimdi hiç bilmediğim bir kentte ve başka bir bedenle yüzünde çizgiler oluşana dek yaşamak istiyorsun. Geride ne bıraktığını umursamadan, şehri üzerime itip gittiğini hatırlamadan, teslim ediyorsun dudaklarını sana benim gibi bakamayana.

Sen... sen Afra... Sen zifiri gecemi aydınlatan ay ışığı. Sen, ayak basılmamış kutsal toprak kokusunu, saçlarında toplayan güzellikler kraliçesi ah! Sen yalnızlığımın tek çaresi.

Sen tenime dokunmadan, işkencelerden geçiren, aklına sığamayacak kadar çok özlüyorum... Ama sen ölüyorum anla!

Beni çıkarma aklından, arada bir söyle kendine, yalnız

uyuduğunda, ıslak caddelerde üşüdüğünde söyle işte, "O olsaydı tenime dokunuşuyla, tüm bedenimi ısıtabilirdi!" de. "O olsaydı beni uyurken izlemeden, yüzüme bulaşan saçlarımı toplamadan, dudaklarıma iyi geceler öpücüğü kondurmadan asla uyumazdı!" de.

Hatırla... İzlediğin duygusal bir filmin, en romantik sahnesinde.

Beni hatırla! Hatta koy ikimizi o filme, "Biz olsaydık küçük bir çocuğun masumiyetiyle dokunurduk birbirimizin yüzüne, eğer biz olsaydık, cennetteki çiçekleri koklar gibi aşkla, sevgiyle içimize çekerdik tenlerimizin kokusunu, biz olsaydık eğer ayrılığı suçüstü yakalanan bir hırsız gibi utandırabilirdik..." de. Lütfen arada bir fısılda tüm bunları vicdanına!

Ah... yalnızlığın koynuna itip müebbet hapse mahkûm kılan.

Beni unutma... Beni hiç unutama!

Yalan Söylediler

Dediler ki, çok seversen sevdiğin seninle olur...

Diyemediler ki, çok seversen en güzel acılar seninle olur, dinlediğin şarkılar kalbine dokunur. Gördüğün o mutlu insanlar seni ağlatır.

Her mevsim üşütür zamanla masumiyetin kaybolur...

Vakit Kaybı

Birlikte olduğunuz insan, size sevildiğinizi hissettiremiyorsa, vakit kaybını çok seviyorsunuz demektir... Onunla meşgul oldukça ardındaki hayatı unutuyor insan yanından geçen, aynı sokak köşesinde rastladığın veya sabahları sana günaydın diyen herhangi biri belki de aradığın kişidir. Ve hayat şu an sevgili sıfatıyla seninle yürüyen kişiden ibaret değildir. Başkalarına da şans vermek lazım, bazen hiç ummadığın insanlar, seni şaşırtacak kadar güzel bir işi başarabilirler ve beklentilerini karşılayacağına inandığın insanlar, hayal kırıklığına da uğratabilir...

Birilerine kendini ispat etmek istiyorsan eğer
Asla değişme, olduğun gibi kal!

Erkek masum oldukça, kadın hep melektir.
Kadın masum oldukça erkek çirkeftir...

İnsan yalnızken anlıyor değerini.
Ve yalnızlık, sevdiklerimiz tarafından nasıl da umursanmadığımızı yüzümüze vurmak için vardır aslında.

Bazıları Dönecekmiş Gibi Gider

Geçenlerde yine bizim Tahsin'le caddedeki çay ocağında oturmuş muhabbet ediyorduk, önce havadan sudan başlamıştık muhabbete ama nasıl olduysa konu ona değdi.

Tahsin, çayından yudum alırken:

"Sahi senin o iş ne oldu abi?" dedi.

"Hangi iş Tahsin?"

"Canan'dan bahsediyorum. Geçen hafta görüşüp bu sallantılı ilişkinizi konuşacaktınız, ne oldu o iş?"

"Bir şey olduğu yok, görüştük. Zaten çok kalmadı yanımda."

"Eee abi sonuç?"

"İlla bitti dememi mi bekliyorsun Tahsin? Anlamıyor musun bittiğini? Her gün seninle burada oturur vakit öldürürüz, bir gün aradığımı gördün mü? O günden sonra sana ondan hiç bahsettim mi Tahsin? Sahiden anlamıyor musun bittiğini?"

"Ama hâlâ seviyorsun değil mi?"

"İlk günkü gibi."

"Bana sorarsan bittiyse uzatmamak lazım, ne bileyim unutmayı falan dene veya başka birini bul, belki onu seversin."

"O işler öyle olmuyor Tahsin. Sevmek bizim elimizde değil ki? Bizim elimizde olsa hiç yaralayanları sever miyiz? Bizim elimizde olsa, gidenleri dönmeyeceğini bildiğimiz halde bekler miyiz? Neredeyse her şeye çare buldular, teknoloji her geçen gün ilerliyor, ama şu aşk acısı denen zıkkıma bir türlü merhem bulunamadı. Çekiyorsun oğlum istesen de istemesen de bir kez sevmişsen, acısını da çekiyorsun işte yaşadığın her gün. Bu öyle boktan bir şey ki unutmak isterken daha çok hatırlıyorsun. Tamam bu defa son onu hatırlatan ne varsa uzak duracağım diyorsun, sonra trafikte yanında duran aracın içindeki herifin en sevdiğiniz şarkıyı dinlediğine şahit oluyorsun bir kez daha üzülüyorsun, başını eğerek kalabalığın arasında yürüdüğünde biri önüne çıkıp yardımda bulunman için 'Allah seni sevdiğine bağışlasın!' diyor, darmadağın oluyorsun..."

"Zormuş abi, sen böyle söyleyince birine âşık olmadığım için sevineceğim neredeyse."

"Öyle deme be Tahsin. Aşk güzel bir şey. Tamam acıtmasına acıtıyor karşılıksız sevmek. Ama yine de aşk güzel şey be. Bir anda rengârenk oluyor dünya, herkese sarılasın geliyor. Anlamadığın o yabancı şarkılar bile o an sana anlamlı geliyormuş gibi hissedip aptal aptal gülümsüyorsun. Bambaşka biri oluyorsun. Artık sana saçma sapan gelmiyor ona çiçekler almak, şiirler yazmak. Boktan, acımasız bir adam olsan da aşk seni küçük bir çocuğa dönüştürüyor. O senin yüzüne gülümsediğinde sanki tüm dileğin kabul olmuş gibi mutlu oluyorsun, sarıldığında kokusunu içine çekiyorsun ya, bu diyorsun, bu, işte sevmek için bir neden daha. İçinde kelebekler uçuşuyor adeta. Aşk güzel şey be Tahsin. Ağlatsa da, yıpratsa da yine de vazgeçmek istemiyorsun sevmekten."

"Vay be... Şimdi de âşık olamadığım için üzüleceğim... Peki ne yapacaksın bundan sonra?"

"Bekleyeceğim."

"Döneceğini nereden biliyorsun?"

"Dönmeyecek ki."

"Eee o zaman neden bekleyeceksin ki, bu biraz aptallık olmaz mı?"

"Dönmeyeceğini biliyorum ama dönecekmiş gibi gitti."

"Nasıl yani?"

"En son görüştüğümüzde, ilk yirmi dakika ikimiz de konuşmadık, tek bir kelime çıkmadı dudaklarımızdan. Ben onun güzelliğine güzellik katan kirpiklerinin her telini gizli gizli izliyordum, o ise etrafını... Sonra dayanamayıp, 'Gitme!' dedim, sadece gitme. Hafif hafif başını çevirip gözlerimin içine baktı, 'Olmuyor!' dedi. 'Olmayan ne?' dediğimde, 'Denedim ama bir türlü sevemedim seni, sadece hoşlantıda kaldı, sevmek istedim. Bazı geceler yatağıma uzanıp seninle yıllar sonrasının hayalini kurmak istedim, ama olmadı. Bir türlü seni yarınlarıma taşıyamadım. Düşünsene seni hayallerimde dahi geleceğime taşıyamazken, nasıl olur da sevebilirim?' dedi.

'Canan, bana karşı ne hissediyorsun?' diye sordum.

'Eğer seni sevseydim, buna cevap verebilirdim...' dedi.

'Yani hiçbir şey mi?' dedim.

İşte bunu söylediğimde sessiz kalmıştı. Tam o an tuhaf bir acı hissetmemden anlamıştım başıma, baş edemeyeceğim bir felaket geleceğini, o tarifini edemediğim küçük acının, ona dokunmak istediğimde geri adım atmasından anlamıştım her geçen gün büyüyeceğini. Ben ona saatlerce içimde büyüttüğüm aşkı anlatıp durdum. Giderse kahrolacağımdan ve yine de sevmekten vazgeçmeyeceğimden bahsettim. Ayağa kalktı, sanırım bana acımıştı. Çünkü onu sahiden bekleyeceğimi biliyordu, çünkü nereye giderse gitsin, kimlerin koynunda aşkı tadarsa tatsın onu unutmak için başka kalplerde kendimi avutmayacağımı biliyordu... Ona olan sevginin yüreğime sığmadığının farkındaydı. Başımı omzuna yaslamak istediğimde onu yanımda bulamayınca kalbimde yeni acılar keşfedeceğime emindi. Sanırım bu yüzden beni acıyarak uzun uzun izlemişti. Sonra sırtını dönüp küçük adımlarla gidiyordu, sanki uzağıma attığı her adımda topuk sesleri yüreğime küfrediyordu, bense gözlerimi kırpmadan onu izliyordum. O an her ne düşündüyse ve ne hissettiyse bir anda yüzünü dönüp dört beş adımdan sonra boynuma sarıldı, yemin ederim o an kılımı kıpırdatmadım, sevinmem gerekirken sanki kalbime bir bıçak darbesi almış gibi buz kesilmiştim. Ağlıyordu be Tahsin! Lan bu nasıl bir işkencedir böyle! Sevdiğim kadının boynumda birkaç damla gözyaşını hissetmiştim... Kulağıma fısıldıyordu, 'Beni affet, ne olur unut!' diye. Ne tek kelime ettim ne de ona dokundum. Sessizliği giyinmiştim üzerime, sanki çamurdan yapılmış bir heykel gibiydim. Sonra kollarını çekti üzerimden, tekrar gözlerini çehremde gezdirip sırtını döndü, kapıya doğru yürümeye başladı. Hayat dediğim insanın terk edişini seyrediyordum, sanki ayaklarım betona gömülmüş gibiydi, ne ardından gidebiliyordum, ne de hoşça kal diyebiliyordum! Ruhsuzdum o an... Tam kapıdan çıkacakken tekrar yüzünü döndü ve öyle güzel bir gülüş attı ki, gidiyorum ama döneceğim der gibiydi bakışları..."

"Sahiden çok zormuş, şimdi seni teselli etmeye kalksam bunu başaramam. Ne desem de aldırmayacaksın biliyorum ama anlamadığım bir şey var. Gidecekken yeniden dönüp sana sarıldı ve sen hiç tepki göstermedin. Sevdiğin insan sana sarılırken ona dokunmamak da neden?"

"Tahsin, bazı sarılmalar, kendini suçlu hissettiğinde, vicdanını rahatlatmak içindir, bazen karşındakinin kalbinde iyi hatırlanmak için ona sarılır, onu sever, öpersin... Kimse kötü anılmak istemez."

"Öyle de, keşke sen de ona sarılsaydın, belki gitmezdi, belki o da bunu bekliyordu. Neden sarılmadın ki, çok mu zordu?"

"Anlamıyorsun Tahsin anlamıyorsun."

"Neyi anlamıyorum?"

"O an sarılsaydım, bir daha bırakamazdım..."

Şarkılar

Bu şarkılar ne kadar da tuhaf, nereden biliyorlar ki senin benden gittiğini...

Tüm sözleri beni anlatır gibi, uğruma yazılmışlar sanki...

Oysa ben henüz kalbime dahi söylememiştim beni terk ettiğini...

Kuralların Olsun

Kuralları olmalı insanın.

Her sabah kahvaltıdan hemen sonra yerine getireceği kurallar. Mesela ilk olarak, güne gülümseyerek başlamalı insan. Sonra dışarı çıktığında, gördüğü her çocuğun başını okşamalı, onları öpmeli. Değersizler için, üzülmemeli hayatından çıkanların yüzüne, "Sen kaybettin!" diyecek kadar kendine güvenmeli, yanlış tercihlerinin tecrübe olarak döneceğine inanmalı... Sayfalarca yazılar yazmalı, tebessüm uyandıran kelimelere sığınmalı. Şiirler okumalı, sevecekse de ilk olarak en çok kendini sevmeli ve asla birilerine bağlanmamalı, aşka çok da aldanmamalı, her şeye rağmen sadık kalacağına kalbine söz vereceği kuralları kesinlikle olmalı insanın...

Bazen

Bazen bittiğine değil, verdiğin değerin boşa çıktığını gördüğün için ağlarsın. Bazen gittiğine değil, yarınların hayalini onsuz kuramazken, onun bir başkasına "hiçbir şey yaşanmamış" gibi dokunacak kadar ucuz olduğuna ağlarsın. Bazen yarım kaldığına değil, doğru sandığının yalanlardan inşa edilmiş koca bir yanlıştan ibaret olduğuna ağlarsın.

Unutmak İstersin Ama

Sen unutmak istersin, radyoda çalan herhangi bir şarkı hatırlatır.

Sen unutmak istersin, birilerinin Sevgililer Günü'nü kutladığına şahit olur gözlerin.

Sen unutmak istersin, yolda yağmur yağar ve üşürsün. İşte hatırlamak için bir neden daha.

Sen unutmak istersin; birileri gelip ondan bahseder yine çaresizce başını eğersin.

Sen unutmak istersin; sana inat izlediğin filmler hatırlatır.

Sen unutmak istersin; yatağına uzanırken hatıraları karşında durur.

Sen unutmak istersin; çekmecende sakladığın aldığı hediye kalbini yaralar.

Sen unutmak istersin; ve sanki bunu istediğin için ayrılık daha çok adaletsiz davranıp canını yakar.

Kış Mevsimi

Herkesin bir mevsimi vardır aslında.
Benim mevsimim kış, çünkü aralıkta girdin, aralık bıraktığım kalbimin kapılarından içeri, ilk defa o an bu soğuk mevsim üşütmedi beni, sıcacıktı ellerin. Herkesin bir mevsimi ve o mevsimde çok sevdiği biri vardır aslında, hoş geldin hayatıma. Saklan kalbimde ve içeriden kilitle kapıları, bir ömür birlikte yaşlanalım kimseler görmesin seni.

16 Aralık 2010... Ve bir küt saçlı gelip dokunur kalbe.

Tebessüm

Bugün bulutlar bizim için ağlasa...

Yağmur saçlarına bulaşsa ve ben ceketimi üzerine sersem...

Öylece birbirimizi izleyip, içimizdeki sevgiyi haykırsak geceye...

Duygulanıp gözyaşlarına boğulsak. Birbirimizi hissederek tenimize küçük öpücükler kondursak, ölüm gelse, o an bizi o halde görse kıyamazdı, ayırmak istemezdi sevgilim...

Prensese...

Tarihini unuttuğum bir geceydi seni düşlerde sonsuz kılmıştım...

Ve aynı geceydi, tüylerini okşadığımız o tatlı kuş misali...

Uçup gitmiştin bilmediğim bir kente...

Çok aradım ama sana dair bir ize hiç dokunamadım...

Kimlere, hangi kente aitsin prenses? Çok geç olmadan öfkeyle esen fırtınalarla yolla saçlarının kokusunu, tarif edemediğim gidişinle, kan revan içinde uyandırdığın hâlâ etkisinde kaldığım rüyamsın artık. Belki ölümdür yokluğunun çaresi belki de unutmaktır...

Eğer unutmaksa yapamam biliyorum, unutamam, geriye kalan ölümse korkuyorum, hayır ölümden değil prenses seni rüyalarımda görememekten çekiniyorum...

Ezberledim senin döneceğin yok, olsun sevmekten vazgeçemiyorum, seni sevmeyi yazıyorum. Kalemim bir hayli huzursuz, her harfin gözyaşlarını görür gibiyim, intihara sürükleyen kelimelerim artık sitemli, kıskanıyorum prenses, o kentte oturduğun kaldırımları, bastığın toprakları, kirpiklerini ıslatan yağmurları ve en kötüsü, umursamaz tavırlarla yanından geçen, tanımadığım insanları kıskanıyorum, onlar bilemezler, karşıdan emin adımlarla gelen kadının nefes alışı bile bir bedeni hayata tutundurduğunu, onlar tahmin de edemezler ki, karşılaştığı prenses uğruna ölmeyi göze alan yalnız bir adam olduğunu, sensizliği yazıyorum sevgilim, kelimelerim neşter gibi okumanı isterdim, senin de her gece uykusuzluğu yaşamanı isterdim, güle güle prenses, bir şiir daha sensizlikten heba oldu, kalp yine kelimelere ağladı... uyuyorum; yeniden rüyalarda buluşmak dileğiyle hoşça kal, hoşça kal gözyaşlarında hayat bulduğum kadın, hoşça kal terk eden, hoşça kal yaşananlara rağmen hâlâ en çok sevilen.

Basit Kadınlar

Basit kadınları basit adamlar bulur...

Kolay ulaşılabilen kadına herkes ilgi gösterir. Ama ne yazık ki, bu durum kadına gerçekten değerli olduğunu düşündürür. Bir gün istediklerini verme, telefonlarına çıkma, o zaman anlarsın yalnızlığını ve değersizliğini...

Ben zoru sever, ulaşılması kolay olmayana koşmak isterim... Sadece gülümsemesiyle, dakikalarca kendini hayranlıkla izleten kadının güzelliğine aşk katmak isterim. Ve bir de bunu başardığımı düşündüğümde. İşte asıl mutluluk bu derim. Basit kadınlar, basit adamlara iyi gelir, hepsi bu.

Annem de Gitmişti

İnsanın alabileceği en kötü haberlerden biridir... Annesinin hayatını kaybettiğini duymak ve insan en çok da anne sevgisinden mahrum kalınca yalnız ve çaresizdir. Annem kadar olmasa da sevmiştim seni de, hem sen benim sadece sevdiğim insan değildin, biraz dost, biraz hayat arkadaşı, biraz sırdaş ve en çok da doğan güneşimdin. Biliyor musun?

Şimdi iki defa yalnız ve çaresizim, çünkü senden önce annem de gitmişti...

Kaybetme Korkusu

Ne yaparsa yapsın, ne söylerse söylesin, ne kadar kırarsa kırsın, yine de seveceğimiz insanlar vardır, onları kaybetme korkusu olduğu için bizi kırmalarına yeter diyemeyiz.

Bir kez sevmişiz ya, bunu fırsat bilip istedikleri gibi oynarlar bizlerle, zamanla kendimiz için değil, onlar için yaşamaya başlarız hiç farkında olmadan, mesela sevdiği şarkıları dinleriz, beğendiği parfümleri sıkarız, istedikleri her şeye evet deriz, biraz olsun kalbinde yer edinmek için. Adeta özgürlüğümüzü veririz ellerine. Sonra ne mi olur? Giderler, giderler işte...

Öyle bir giderler ki dengemiz bozulur, öyle bir giderler ki öküzün trene baktığı gibi öylece bakakalırız, şimdi baş et edebilirsen sana kalan acılarla. Hadi savaş savaşabilirsen yalnızlığınla...

Benimle Kal

Benimle kal, nerede olacağımız hakkında bir fikrim yok.

Beni özle, bu özlemin ne kadar çok olduğunun bir önemi yok.

Benim için ağla, hangi şarkıda ağladığını duymama gerek yok.

Beni sev, ne kadar sevdiğini anlatmana gerek yok...

Yeter ki sev. Sadece beni sev. Hep sev...

Bugün seni çok seviyor olabilirim...
Ama bu yarın nefret etmeyeceğim anlamına gelmez.
O yüzden kalbimdeki yerini bil ve beni çok üzme.

Kapat ışıkları.
Ve gözlerini.
Beni düşün, biraz olsun sızlamazsa kalbin.
Tamam kabul vazgeçeceğim...

Seni umursamayan insanı umursadığın zaman
Hiç ummadığın kadar canın yanar...

Beni Hiç Unutama

Yüreğimin kıyılarında saklıyorum seni.

Yaşadığım dev aşkı buğulu camlara yazdığın küçük bir elvedayla bitiren masum melek. Unutma gittiğin hiçbir kent, uğradığın hiçbir kalp sahip çıkamaz benim gibi sana. Geri dön, kırıldığım yerlerimden öp. Çölde susuz kalan çiçekler misali muhtacım dudaklarının ıslaklığına. Beni bağışla, dilediğin gibi unutamadığım için. Sensiz geçirdiğim o sessiz gecelerde sonsuz kıldım bu aşkı, affet. İlktin, tektin, yalnızca senin için kanadından vurulmuş bir kuş misali hızlı atıyordu kalp. Sen, dipsiz bir kuyuda çırpınırken ellerimden tutan *hayattın, aşktın, aldığım nefestin.* Bir gün gökyüzünde parlamaktan vazgeçmeyen yıldızlara dokunmak kadar imkânsız olacağını bilseydim, daha az severdim demeyeceğim. Yine de çok severdim. Yine de uğruna adardım ömrü. Biliyor musun, yokluğunda kalan acılara gülümsemeyi öğrendim, içim acırken. Senden sonra bir ülkenin savaştan sonraki haline dönüşse de evim, dokunduğun hiçbir eşyanın yerini değiştirmeyeceğim. Sevdiğin renklerde olacak duvarlar, âşık olduğun çiçekleri besleyeceğim penceremde. Ölümsüz olacaksın.

Yaşatacak seni adını verdiğim mektuplar, hatırlatacak seni kalbi yakan hatıralar ve o unutulmaz anlar. Biliyorum, hangi aşka sığınsam da hiçbiri senin gibi, sarılıp gözkapaklarımdan öpemeyecek. Kasım soğuğunda üşüdüğümde hiçbiri dokunuşuyla ısıtan mevsimi yaşatamayacak tenime... Senin için ayrılık, aşkta yolun sonu demektir. Benim içinse gideni daha çok sevebilmektir. Aramıza sığdırdığın mesafeler özletiyor seni. Ve ben özlerken daha çok sevebilmeyi öğreniyorum. Bu yüzden git! Dilediğin kadar uzak ol, tuzak ol, yasak ol, yine de içimde büyüteceğim sevgiyi... Ama sakın annesini kaybeden bir çocuk misali sevgiye muhtaç olduğumu tek bir an dahi unutma, çıkarma aklından. Seni ilk küçük bir çocuğun masumiyetiyle öptüm, sevdim. Şimdi nereye gidersen git, kimlerle ihanet edersen et bu aşka, ben vazgeçmeyeceğim. Şimdi uzan o soğuk yatağına ve düşün. Seni sevebilmeyi başardığım için kendime daha çok değer veriyorken, söylesene nasıl vazgeçebilirim ki senden! Beni unutma, ilk öpüşün hatırına beni asla unutma...

Tut Ellerimden

Hiçbir amacım yok, hayal de kurmam... Çalışmayı da sevmem, sabah erken kalkmayı da.

Hatta hangi işe elimi atsam, kesinlikle sonu hüsran olur. Ama seni çok güzel severim.

Hatta en çok seni severim. Sen yeter ki bir kez tut ellerimden. O sıcaklığı hissetmeli tenim.

İyi Adamlar da Var

İyi adamlar da var bu hayatta, herkese bu kadar çok sırtınızı dönmeyin.

Gerçekten sizi siz olduğunuz için sevebilecek kalpler de var etrafınızda, bu kadar çabuk umudunuzu kaybetmeyin, tıpkı sizin gibi "kalbinin mutluluğa bulaşmasını" isteyenler de var. Sizler sadece hayatınızdaki doğru dediğiniz insanlar yanlış çıktığında hayal kırıklığına uğradığınız ve tüm herkesi aynı kefeye koydunuz, haksızsınız diyemem. Elbette ki yerden göğe kadar haklısınız kızmakta. Ama umutsuzluğa kapılmak neden? Birkaç gün üzül, telefonlara çıkma, saçma sapan şarkılar dinle. Odan gözyaşlarınla ıslattığın mendillerle dolsun, depresyona gir çık, gir çık. Ama bunu çok uzatma. Aylarca sürdürme, sonra tamamen saplantı haline gelir, kurtulamazsın. O dersin, *ille de o, sadece o, hayır hayır, hep o...* ama yok ki o, çoktan gitti. O zaten şimdi seni unutup başka aşklarda yalan mutluluklarla kendini tatmin etmeye çalışıyor. Zaten o bu sevgiye değmeyecek kadar aşağılık biriydi. Bunun farkına vardığın için, gülümsemek zorundasın! Evet evet, kesinlikle zorundasın! Kalbini kanatma. Küçük tatlı bebeğin o tombul yanaklarını ısırdığın gibi sevebileceğin adamlar da var bu hayatta... Yeter ki bu kadar çok içine kapanık olma.

Lütfen Beni Yeniden Sevin

Uzun bir aradan sonra dün gece yine aradım onu. Ama sonuç her zamanki gibi değişmedi, aradığım kişiye hiç ulaşamadım ben! Aradığım kişi hep nedenim oldu benim. Böyle biri değildim asla. Aşka inancı olmayan insanlardan çok sokak hayvanlarını seven kötü, umursamaz, geleceğini düşünmeyen kişiydim, yani öyleydim dışarıdan bakıldığında. Herkes beni görmek istediği gibi gördü. Sustum. Herkes bana sevilmeye layık olmadığımı söyledi sustum. Ama ben de sevdim işte, daha önce böyle bir duygu beslemedim kimseye karşı. Gece yarısı uyanıp sesini duymak için aradığım olmamıştı. Ve birinin sadece gülümsemesini izlemek için hayaller kurmadım asla. Aradığım kişiye benden önce başkaları çoktan ulaşmıştı. Bana izin vermedi, ne bu kent, ne aramıza sığdırdığı mesafeler, ne de aşkın yokluğu. Düşünün, bir sabah uyanıyorsunuz ve tüm sevdikleriniz tarafından terk edilmişsiniz. Hiçbirini göremiyorsunuz, sesleri yankılanmıyor. Bu da öyle bir şey çünkü o benim her şeyimdi. Yalnız başına her şeyim olabilmişti. Zamanın ne getireceği hiç belli olmuyordu, kafamda bazı şeyleri çözemiyordum. Ona ulaşmak için hangi yolu denemeliyim, kimlere sormalıyım, bilemiyordum. Her şeyden çok nefesini özlemiştim, o sıcacık nefesi. Beni andığı zamanlar da olmuştur mutlaka biliyorum. Gök gürültüsünden korkar, geceleri "Işığı kapatma!" derdi bana. "Korkma yanındayım..." dediğimde, "Sen varsan hiçbir şeyden korkmam..." diyerek gülümserdi. O da beni severdi. Birlikte geçirdiğimiz tek bir anı bile unutmadım. Oysa şimdi ben korkuyorum yalnızlıktan! Ve o dönene dek asla yalnızlığın koynundan kurtulamayacağım ve o dönmeyecek! Asıl zor olan da bu! Asıl kalbi ayaklarının altında ezen de bu! Bir daha asla nefesini hissedemeyeceğim birini bekliyorum... Saçma. Bir daha asla kirpiklerinden öpemeyeceğim birini bekliyorum sessizce. O kadar çok yardıma muhtacım ki! Haykırmak istiyorum herkese! "Durun! Biraz da beni sevin! Biraz da bana gülümseyin, hadi sarın beni, sandığınız kadar güçlü biri değilim! Yalnız olmak zor... Yalnız olmak ve çaresizce avuntulara sığınmak... Hadi lütfen beni yeniden sevin. Size söylüyorum duyun beni. Duyun haykırışlarımı, sessizliğimi duyun. Üzerime yıktığınız acılarınıza sahip çıkın, defalarca öldürmemeliler, sert bir tokat gibi yüzüme vurup bu kadar çok yakmamalı hatıralar! Hadi tam zamanı şimdi! Lütfen beni yeniden sevin...

Önyargılar

Güzel kadının yanında çirkin bir adam gördüğümüzde:

"*Adam kesin çok zengindir, kadı*n adamı değil, cebini seviyor, *ama zavallı adam bunun farkında değil.*"

Yakışıklı adamın yanında çirkin bir kadın gördüğümüzde:

"*Adam iyi yere dükkân açmış, bir eli yağda bir ele bağda, kadın da adamın onu sevdiğini sanıyor, çok yazık...*"

İşte böyle kötü düşünceler aklımızı esir almaya başlıyor. Mesela kadının yanındaki adamın, onun kardeşi, yakın bir arkadaşı veyahut aile dostu olacağı ihtimalinin olduğunu düşünmek istemeyiz değil mi? Yok öyle bir şey. Asla olamaz. Bunlar kesin sevgilidir değil mi? Tabii elbette sevgili olma ihtimalleri de var, ama birbirlerini gerçekten sevemezler mi? Belki de onların aşka, sevgiye bakış açıları birçoğumuzunki gibi değildir olamaz mı? Bizler gibi seçici olmayı tercih etmemelerindeki yanlış nerede? Seni gerçekten bir ömür çok sevebilecek, kendi hayatını çok umursamadan sırf senin mutluluğun için yaşayabilecek ve sana her defasında ne kadar çok sevildiğini hissettirecek birini değil de, çok güzel olduğu için birkaç hafta süreceğini tahmin ettiğin ilişkiye sığınmadın mı? Sığındın, elbette ki sığındın. Hatta koluna takıp dostlarının arasından kasıla kasıla geçip gittin. Yani kendince tavanlarda dolaşan egonu tatmin ettin... Birini sevmişsen, sevmişsindir. Onu kusurlarıyla kabul edersin geri kalan her şey dert edemeyeceğin kadar değersizdir senin için. Çünkü kalbin aşka bulaştı. Ve hayatında belki de ilk kez daha önce insanların sana "İçimde filler tepiniyor, adeta kelebekler uçuşuyor!" diye anlattığı duyguları yaşıyorsundur. İşte bu yüzden de çok seversin. En güzel başarı değil miydi, birini mutlu etmek, tebessümlerine neden olmak. Aşkın en saf hali değil miydi, birbirinizi kusurlarıyla kabul edip onunla yaşamak... Bazı insanların vaktinde sevginin bir harfine dahi muhtaçken, şimdi bunun tamamını yaşamasına lütfen dil uzatma. Unuttuğun bir şey var hatırlatmak istiyorum...

Kalp severken tercih yapmaz. Kimi sevebileceğine sen değil, söz geçiremediğin kalbin karar verir. İşte bu yüzden ağzından çıkan kelimelere dikkat et... Duymak istemediğin sözleri, başkalarına haykırma. Seveceksen *sadece sev.*

Kalbime Söz Geçiremiyorum

Uykunu böler, sana ağlatan şarkılar dinletir.

Canını yakar, hiç kimseyi görmek istemezsin, evinden çıkmazsın.

İçindeki yalnızlığı kimseyle paylaşamazsın, başkalarının sana onun kadar huzur veremeyeceğini bilirsin çünkü ilkler hep özel kalır ve asla unutulmaz... Aşk yalnızca bir kez ayrılığa mahkûm olur. Buna tekrar devam ettiğinde eskisi gibi gülümseyemezsin, eskisi gibi sarılamazsın, öpemezsin. Seversin ama dokunmak için çekinirsin. Artık birbirinizin yüz hatlarını dahi çok iyi tanıyan iki yabancısınızdır. Ve zamanla bu masalın mutlu sonla biteceğine olan inancını yitirirsin, bir de bunun için kalbin hırpalanır. Yeniden ayrılığın ateşinde yavaş yavaş tutuşmaya başlarsın. Ama herhangi biri sorduğunda, başını eğip çekinerek "unutamadığını" söylersin, çünkü ilkler hep özel kalır ve asla unutulmaz...

Ne var yani seni hâlâ seviyorsam, ben çok mu meraklıyım sana, sadece kalbime söz geçiremiyorum.

Gidenler̲e Not:

Sizin darbeleriniz olmasaydı eğer hâlâ insanlara güvenmeye devam edecektim. Sizler olmasaydınız, belki birilerini daha çok sevecektim ve gittiklerinde yine yalnızlığın koynunda üzülen ben olacaktım. Sizler olmasaydınız insanların merhametli olduğuna inanacaktım. Anlayacağınız kendimi unutup hep başkaları için yaşayacaktım. Artık güçlüyken, şarkılarla mutlu olabiliyorken ve en önemlisi yaşattıklarınızı unutmuşken hepinize teşekkür ederim, beni terk ettiğiniz için!

Anlamıyorlar

Ben en çok kış mevsimini seviyorum. Çünkü yağmur yağdığında insanlar sığınacak yer ararken, Ben kaldırımlarda oturup yağmuru izliyorum. Onunla birbirimize sarılıp ısınmak mutluluğun ta kendisi. Ben en çok yağmuru seviyorum, çünkü o giderken ağlıyorum ve yağmur gözyaşlarımı saklıyor, insanlar ağladığımın farkında dahi değil... Kış mevsimi derin ve soğuk olur bilirim! Ama yaz mevsimine de ihtiyacım yok. Onu bu denli severken ve o yokken ben her mevsimde üşüyorum. Sağanak yağmurda sigara içmek, onu sevmekten vazgeçmek gibi. Yani imkânsız diyorum, anlamıyorlar!

Olur ya!

Olur ya, hani bazen çokbilmiş arkadaşlarınız size boş ver ya unutursun der.

Olur ya, kendini bilmez arkadaşlarınızdan biri, başkasını bulursun der.

İşte bu tür insanlara anlatamazsın hiçbir şeyi, bu tür insanlarla tartışamazsın bile, çünkü düşünceleri dümdüzdür. Kendi bildikleri doğrudur, bir insanın kokusunda dahi huzur bulmanın ne demek olduğunu anlayamazlar. Birinin aptal aptal gülümsemesindeki mutluluğu göremezler, hayatından gidenin, hayatına ne kadar şık durduğunu bilmezler ki. Çünkü onların kalbine aşk hiç bulaşmadı, onlar aşkı sadece seksten ibaret bildiler. İşte bu yüzden, bu odun kafalılar, özlemin acı bir şey olduğunu lakin acıtsa da bunu severek yapmandaki masumluğu bilemezler. "Unut, boş ver!" derler, sanki çok umurlarındaymış gibi, seni düşündükleri için değil sırf laf olsun diye boş ver derler... Birinin gözlerinde kaybolmanın verdiği sıcaklığı hissetmeyenlerin, aşka saçmalık demeleri ne kadar mantıklı ki... Saatlerce telefonun başında mesajını beklediğin kişiyi bir an karşında bulmandaki o tatlılığı bilmeyenlerin, sana unut demeleri ne kadar umurunda olabilir ki? Sen sev, yine de sev, hep sev, gelmese de sev...

Akvaryumdaki balığı sevdiğin gibi dokunmaya kıyamadan öylece sev...

Kadınlar Güçlüdür

Bir ilişkiyi daha güzel kılmak için en çok kadınlar çabalar...

Mesela senin aklına hiç gelmeyecek şeyleri düşünür, sen sadece sarılırsın ama o kucağında tarif edilemeyen bir mutluluk yaşar. Kadınlar çabuk kırılır, çok alıngandırlar. En basiti yüksek sesle konuşmana dahi hiç tahammül edemezler. Sakın ona bağırma, bir ilişkiyi kurtarırsa kadınlar kurtarır. Sen çok çaba göstermeye üşenirsin, tekrar kazanmak için didinmezsin. Mesela eziklik olduğunu sanırsın, oysa göstereceğin çaba onun hoşuna gider. Bir kadın seninleyken çok konuşuyorsa, buna şikâyet etmek yerine sevinmelisin. Çünkü susan bir kadın için, herhangi biri olmuşsundur, hiçbir özelliğin, ayrıcalığın, değerin kalmamıştır. İçindeki heyecan bittiğinde aşk da biter. Kadın ve erkek arasındaki en büyük farklardan biri de şudur ki, kadın sahiden bitti dediğinde bitirir. Erkekse bitti derken bile daha sonra tekrar devam etmeyi düşünür. Bazılarımıza susarak giden kadınların gururundan lazım...

Ceketimi üzerinde unutabileceğim bir kadın olsun isterdim hayatımda...

Anlat İçindekileri

Sorma, bu aralar çok yalnızım! Dün gece yorgundum. Yatağıma uzanıp bir sigara yaktım ve fark ettim ki küllüğü yanıma almayı unutmuşum, o kadar üşendim ki kalkıp almaya, sigarayı söndürüp attım. Onu severken de böyleydi, gitmek istediğinde ağzımdan tek söz dahi çıkmadı. Kalması için hiç çaba göstermedim, hatta kapısını bile ben açtım, "Peki git, ama sakın her ne olursa olsun geri dönmeyi düşünme. Bu kapı ve bu kalp bir daha asla açılmayacak sana!" diye haykırdım yüzüne! Sorun ne biliyor musun? Bunları söylerken bile kalmasını istedim. Ama gurur işte, kahrolası erkeklik gururu! Eğdi başını ömrüm ve küçük adımlarla ilerlemeye başladı. O boş koridorda hiç ses yoktu! İkimiz de susuyorduk, ayak sesleri yüreğime küfreder gibiydi. Gidiyordu, yapabileceğim bir şey yoktu. Son adımı atarken, bir an dönüp yüzüme bakacak gibi oldu ve sırt çevirdim. Sorun ne biliyor musun? Yüzüne bakmayı, gözlerinin rengine son kez hapsolmayı deli gibi isterken bunu yaptım! Kapıyı öyle hızlı çarptım ki yüzüne o an o hayvanca davranışım yüzünden onu sevmediğimi düşünebilirdi. Yani bilmiyorum, ben olsam öyle düşünürdüm! O kadar çok doluydum ki, tuvalete gidip aynadaki yüzüme sövmeye başladım, en çok da gururuma.

Gideli sadece birkaç dakika olmuştu. Bu kadar kısa süre içinde böyle acı çekiyorsam, bu kadar çok canım yanıyorsa eğer, onsuz geçireceğim geceleri, günleri, haftaları, ayları, hatta yılları düşünmek küçük bir çocuk gibi çok korkuttu beni! Sonra perde aralığından izledim gidişini, hâlâ küçük adımlarla ilerliyordu ömür! Hâlâ ardına bakacak gibiydi ruhum! "Aşk bir yerde ayrılığın habercisi değil miydi?" Aşkların ayrılığa mahkûm olmayacağı gibi bir şart da yoktu ki! Ama böyle bitmemeliydi, giderken son kez teni tenime değmeliydi, giderken dudaklarını ıslatmalıydım, giderken öyle sıkı sarılmalıydım ki kalp atışlarını hissetmeliydim! Belki de bu kadar çok acı çekmezdim. Kim bilir belki de gün gelir kalbi pişmanlıklara tutsak olurdu ve dönebilirdi. Oysa şimdi asla dönmeyecek! Döneceği varsa da yüreğine söz geçirip onu sevmediğim düşüncesine kapılarak ayaklarının geri adım atmasına engel olacak. Kendi ellerimle kuyumu kazdım farkındayım, ayrılık aşkı öldürmezdi asla. Ayrılık bazen daha çok sevdirebilirdi hatta. Son kez söylediğim sözler, giderken sırtımı dönmem, bir hoşça kalı çok görmem benim en büyük cezam! Kimse bilerek can yakmayı istemez, sadece bazıları yaşadıklarını ve yaşayacaklarını gerçekten hak eder tıpkı benim gibi! Ama çektiğim acı gibi gerçek bir şey de var. O da ayrılığa, acılara, aramıza sığdırdığı mesafelere rağmen, onu hâlâ seviyor olmam. Hâlâ ilk günkü gibi, hâlâ saf, hâlâ gökyüzüne sığamayacak kadar çok!

Çayımız Hâlâ Sıcak

Bilmem, plan yapmayı çok sevmem.

Oturur gün batımına karşı birer çay içeriz. Sana içime sığamayan sevgiyi anlatıp dururum ve sen de hafif hafif çayını yudumlarsın. Ben büyüleyen güzelliğini seyrederken yeniden âşık olurum sana, mesela umurumuzda olmaz sırt çevirdiğimiz şehrin o bunaltan gürültüsü. Biz susarız gece konuşur, belki bir yıldız kayar. Ve aynı dileği dileriz seninle. Hadi gülümse. Yağmur çiselemeye başladı ve çayımız hâlâ sıcacık.

Hayat bazen
Yokluğuna alıştığın ve sevmekten vazgeçtiğin kişinin
Sana yeniden dönmesi kadar çok saçma...

Bitmesi gerektiğini söylerken ağlıyorsa
Tek istediği ona sıkıca sarılmandır aslında.

Gülmeyi en çok hak edenler
Hep ağlayanlar değil miydi zaten...

Yalnızca Bir Kez

İnsan bir kez âşık olur...

Ve bir kez âşık olanlar, sadece bir kez giderler...

Ardından gözyaşı dökmenin manası yok, içine kapanman da bir işe yaramayacak, özlediğini söylemen de. Bir kez âşık olanlar ikinci şansı vermezler.

Çünkü bilirler kaldığı yerden devam edilemeyeceğini, hep içinde bir eksiklik olacağını. Bir kez âşık olanlar, yaşadığı aşkın mutlu sonla bitmeyeceğini hissettiklerinde giderler, uzatmayı sevmezler, çünkü iki tarafa da eziyet olacağının farkındadırlar, bu yüzden bitti dediğinde sahiden bitirirler.

Boş Ver

Özlediğin de o an yanına gelebilecek imkânı olduğu halde bunu yapmıyorsa boş ver.

Sevdiğin şarkıları seninle dinlemiyorsa boş ver.

Güzel sözler duymak istediğinde sana sırt çeviriyorsa boş ver.

Geceleri sesini duymaya üşenip aramıyorsa boş ver.

Sevdiğini söyleyip, bunu daha çok hissetmeni sağlamak için çaba göstermiyorsa boş ver.

Seninleyken, elindeki telefona dalıp gidiyorsa boş ver.

Ağladığında sana eşlik etmek yerine susmanı söylüyorsa boş ver.

Sana güvendiğini söyleyip, yine de şüpheye kapılıyorsa boş ver.

Kimselere anlatmadıklarını sana da anlatmıyorsa boş ver.

En azından saçlarına papatyalardan taç yapmayı düşünemiyorsa boş ver.

Ve seninleyken hiç utanmıyorsa kesinlikle boş ver.

Çünkü, seven insan utanır, seven insan dokunmaya çekinir...

Seven insan öptüğünde ne yapacağını bilemez ve tatlı tatlı saçmalar...

Bunlar samimi şeylerdir. Ve aşkta mutlaka birlikte bazen saçmalamak gerekir, çünkü onunla saçmalamak gülümsetir...

Bazı Kadınlar

Bazı kadınlar hep gülümser...

Gelirsin gülümser, seversin gülümser, öpersin gülümser, sarılırsın gülümser, saçlarını koklarsın sadece gülümser... Gidersin gülümser, acı çeker yine de gülümser.

Gecenin soğuğunda ona armağan ettiğin şarkıyı dinler gülümser. Gözlerinden yaşlar gelir gülümser. İntihar etmez, ama bizler etrafa savurduğu tebessümlerin altında ne büyük bir acının yattığını, içinde yaşadığı savaştan her geçen gün ne kadar çok yara aldığını, gülümserken "İyi değilim!" demek istediğini göremeyecek kadar körleşir ve buna sebep olduğumuzu anlamayacak kadar insanlıktan çıkarız...

Çünkü İnsanlar...

Belki de gitmek gerekir henüz çok bağlanmadan. Çünkü aşktan korkmalı.

Tüm fedakârlığı göze alanlar şimdi yalnızlığa mahkûmlar. Belki de hiç başlamamak gerekir veya kendi içinde sevip kendince yaşamak. Çünkü sevildiğini hissedenler seveni acının koynuna atıp gittiler. Belki de sadece bir sokak köpeğini veya kelimeleri sevmeli. Çünkü insanlar nankörler. Çünkü insanlar duyarsız ve ihanet severler.

Tahsin'le Çay Sohbeti

İnsanlar evlerinde sıcacık uykunun tadını çıkarırken biz dondurucu soğuğa aldırmadan Tahsin'*le sahilde oturmuş dalgaları dinliyorduk*. O gün şehir sessizdi. *Benim de aklımdan sabaha kadar sessiz kalmak geçiyordu. Fakat Tahsin içinde tutmayı beceremediği soruyu sorup sessizliğimizi bozmuştu.*

"Çok merak ediyorum, acaba insanlar neden gider?"

"Boş ver, kafana takma böyle şeyleri."

"Ama merak ediyorum."

"Bak Tahsin, buna binlerce cevap bulabilirsin, ama bence insanlar aslında daha iyisini bulmak için gider, en azından ben buna inanıyorum."

"Nasıl yani?"

"Bizler, azla yetinmeyi bilemeyiz. Çocukken nasıldık? Babamız bir oyuncak aldığında onun bir üst modelini görürdük arkadaşlarımızda ve yeniden yapışırdık babamızın dizlerine, ağlardık, aynısını isterdik. Büyüdük ama bazı alışkanlıklarımızdan hiç kurtulamadık. Kim ne derse desin, insanlar daha iyisini bulmak için gider, seni hak etmiyorum, böylesi ikimizin içinde daha iyi yalanlarını söyleyip giderler. Anlatamazsın gitmek isteyene, gittiğinde tüm düzeninin altüst olacağını, sevgiyi anlatamazsın aklında gitme planı kurana ya da anlatırsın ama o bunu anlamaz ve o anlamazken sevgiyi anlatmak neye yarar?"

"Peki sen hiç gittin mi?"

"Ben hep bekleyen oldum, gidenlerin aslında katil kimliğini taşıdıklarına inandığım için ben hep kalan oldum."

"Ya kalmak, kalmak zor değil mi?"

"Zor. İlk başlarda çıkmaz bir sokakta gibi hissediyorsun kendini, dönmeyeceğini bildiğin birini beklerken ve sen ne geri dönebiliyorsun, ne de yola devam edebiliyorsun. Öylece seni bıraktığı yerde bekliyorsun. İşin tuhaf tarafı nedir biliyor musun?"

"Bilmem. Nedir?"

"Ah çocuk ah. Aşka ihanet etmiyorsun. Nerede, kimlerde olduğunu bilmediğin birinin aşkına sadık kalıyorsun. Bir kez sevmişti diyorsun, bir kez sarılmıştık, tenlerimiz birbirine değmişti. Saçları dalgalanırken kokusu üzerime sinmişti, bu yüzden olmaz. Başka bedenlerde, onu unutmaya çalışmak aşka ihanettir. Ve yokluğunda onunla yaşamaya başlıyorsun, bazen geceleri fotoğraflarını eline alıp hadi sen de uyu artık deyip gözlerini kapıyorsun. Bazen de sabah uyandığında kahvaltı masasını iki kişilik kuruyorsun. Öylece oturup karşındaki boşluğu seyrediyorsun. Bir tek saniyesini kaybetmek istemediğin için, gözlerini kırpmadan izlediğin güzel bir filmi seyreder gibi o boşluğa dalıp gidiyorsun. Ve öyle kuru kuru da bakamıyorsun o boşluğa, hayaller yeniden gözlerinin önünde canlanmaya başlıyor. Hayallerini de çok seviyorsun. Çünkü bizler ömür dediklerimizin yokluğunu yaşamaya aşk diyoruz... İnsanlar iyisini bulmak için bavulunda saklar ihaneti ve çekip giderler. Ne versen yetinemezsin. Aşk karın doyurmuyor masalı dillerde dolaşıp duruyor. Hayattaki en güzel şeylerden biri değil miydi sevgi? Şu sağ çıkamayacağımız hayatta, insanın alabildiği en güzel haberlerden biri değil miydi seni seviyorum cümlesi? Yalanlarla kurulu bu dünyada gerçek olan tek şey değil miydi? Masum duygular, sıcak hayaller. Aşk karın doyurmaz diyerek gidiyor kimileri. Peki bu gidişler nereye? Herkeste bir gitme isteği. Sevdiklerimiz nereye gidiyor Tahsin? Ben gitmeye cesaret edemiyorum. Ben belki varlığım birilerini mutlu ediyordur diye düşünerek kalkıp uzaklara çekip gidemiyorum Tahsin."

"Ne yapalım, hep böyle bekleyecek miyiz? Bu kötü bir şey değil mi?"

"Tahsin, yoksa sende de mi bir gitme isteği var? Git, sen de git. Zaten kim kaldı ki? Şu hayatta en çok annemi, Canan'ı, bir de seni severdim işte. Onlar gitti, çocuk bakışlı kardeşim, onlar yok. Dokunamıyorum oğlum, her gece sesiyle uyandığım anneme dokunamıyorum. Uyuduğu yere gidiyorum, işte karşımda, tam burada, aramızda, sadece birkaç metre mesafe var diyorum. Ama dokunamıyorum işte. Belki kokusu sinmiştir diye toprağını avuçluyor öpüyorum. Gidenle ölünmüyor ama kalanla da yaşanmıyor be çocuk bakışlı, ben kendimle yaşayamıyorum bazen kardeşim. Canan annemin acısını asla dindiremedi, ama bir pul kadar acımdan kırpmayı becermişti. Sevmiştim, nasıl sevdiğimi, ne kadar çok bağlı kaldığımı sen biliyorsun. Peki o nerede? O annemin toprağından kopardığım papatyalarla küt saçlarını süslediğim kadın nerede? Öyle sevmiştim işte kardeşim öyle, annemin papatyalarını sadece ona yakıştıracak kadar çok sevmiştim. Ve ne zaman anneme gidip papatyalarından kopardığımda, saatlerce ona Canan'ı anlattığımda sanki yıllarca sakladığı yüzüğünü, Canan'ın parmaklarına takıyormuş gibi hissediyordum. Gitti işte, herkes gibi, her şey gibi sevdiklerimiz de gitti. Engel olamıyorsun ayaklarına. Silemiyorsun kaderinde yazılı olanı. Kalanlar hep bir bekleyiş içinde. Ve biz kalanları ayakta tutan şey ne biliyor musun?"

"Nedir?"

"Umut... umut kardeşim. Umudu olan insan ömrünün son anına kadar bekler. Biliyorsun gelmeyeceğini, biliyorsun ama parkta annesine her defasında bu son diyerek kandırıp karanlık çökene kadar salıncakta sallanan çocuk gibi sen de ya dönerse diyerek kendini kandırıp her geçen umuda sarılıyorsun."

"Ben gitmem, ben birlikte sıcacık çay içtiğim insanları terk etmem."

"Sen kal çocuk bakışlı, sen hep benime kal..."

Bir Aşk Daha Anlamsızca Biter

Başkalarının ilişkimize karışmalarına engel olsaydık, her şey çok farklı olabilirdi. Tartışırsın, sonra çekip gidersin. Biraz kızgınsındır. O an görmek istemezsin. Sonra başkaları teselli etme bahanesiyle yanına sokulur. Ve sana seni seven kişiyi hiç tanımamalarına rağmen, "Boş ver, zaten iyi biri değildi..." der. Şaşırırsın, çünkü senin aklında ayrılık yoktu. Sadece biraz öfkeliydin hepsi bu. Kısa bir süre küs kaldıktan sonra tekrar birbirimizin gönlünü alırız diye düşünürken başkaları sana daha iyilerini bulursun demeye başlar. Sürekli dolduruşa getirirler, karşı tarafı küçültüp seni yüceltirler ve sen de buna aldanırsın. Düşüncelerin değişir, sanki kendin çok mükemmelmişsin gibi sahiden de yanına yakışmadığını düşünürsün. Bu tür insanlara bizler "gereksiz varlıklar" deriz. Gerçekten de öyledirler. Çünkü bu tür insanların kalbine sevgi bulaşmamıştır. Laf olsun diye konuşurlar, oysa sen sana değer verdikleri için yanında olduklarını sanırsın. Bir de erkeklik gururun vardır, laf söyletmediğin o erkeklik gururu. Seni bekleyeni arayıp gönlünü almak yerine kasıla kasıla, "Tabii ya, zaten çok sevmiyordum ki!" dersin, onlar pohpohlamaya devam eder. Ve bu saçma sapan cesaretle seni seveni terk eder, ağlatırsın. Ve bir aşk daha anlamsızca biter...

Sessiz Sevenler

Kim ne derse desin sessiz sevenin en çok seven insan olduğuna inanıyorum.

Çünkü daha önce haykırmıştır aşkını, daha önce fedakârlıklar yapmıştır, elinden tutabilmek için birçok yolu denemiştir. Sonuç istediği gibi olmasa da yine de sevmeye devam eden insan sessiz kalır. Belki artık ardından koşmayacaktır, belki bir daha aramayacaktır. Ama bu vazgeçmek değildir. Çünkü bazen seni hayatında istemeyeni varlığınla da rahatsız etmek istemezsin, başkasıyla veya yalnız, yeter ki mutlu olsun dersin. Bu yüzden aşkı içinde yaşar, sessiz sessiz yere göğe sığamayan bir sevgi büyütürsün kalbinde. Sessiz seven insan en çok acı çeken insandır. Çünkü yokluğuna alışmadan önce çoğu geceler uykusuzluğu tattı. Ve uykusuz geçen gecelerinde çaresizliğine ağladı, acının dibini gördü. Ve artık kabullendi olmayışını. Uzaktan sevdi, sarılmanın verdiği o huzuru hissetmeden, sevilmenin ne demek olduğunu tatmadan çok uzaktan sevdi... Sessiz insan en çok seven insandır. Ve bu sessizlik o dönene dek sürer. Asıl tuhaf olanı dönmeyeceğini bilir ama yine de bekler... Hayat işte!

Ben Seni En Çok Seninle Tanışmadan Önce Sevmiştim

Zamanı geriye alabilme gücüne sahip olsaydım seni ilk gördüğüm ana geri dönerdim, çünkü sen en çok o an güzeldin. Çünkü kalbim sadece o an seni görünce göğüskafesime sığmıyordu, çünkü o an senin en saf halindi, gülümsüyordun, biraz da saçların savrulmuştu rüzgârda, seni sevmem için yağıyordu yağmur sanki. O an henüz seninle tanışmamıştık. Haberim yoktu, gülümseyen yüzünün ardında saklamıştın ihaneti. Zamanı geri sarabilseydim, beni ilk öptüğün o ana da dönmek isterdim, çünkü sen en çok da o an bana aittin, çünkü ben en çok o an bir kalp tarafından ilk defa hiç gitmeyecekmiş gibi sahiplendiğimi hissettim, çünkü senin o anki bakışların "Beni çok sev!" der gibiydi kapıldım, aldandım, tutsak oldum, sonunun ne olacağını hiç düşünmeden. Eğer zamanı geri alabilseydim bugüne hiç gelmek istemezdim. Çünkü ben bugün biraz nefret ettim senden. Bugün ben çok ağladım. Bugün kalbimin üzerini toprak örttü, aşka olan inancımı kaybettim, bugün tatmadığım acıları giyindim, bugün şarkıların ne kadar çok can yaktığını anladım. Bugün sen gitmiştin. Bugün ben en sevilen tarafından terk edilmiştim. Biliyor musun bugün ben ikimiz için ağladım, ama en çok da senin için. Çünkü kimse seni ben gibi sarmayacak, çünkü başkaları sen ağlarken benim gibi usul usul yanına sokulup gözyaşlarına eşlik etmeyecek. Çünkü gideceğin her aşk sana sarılırken parmaklarını saçlarında dolaştırıp kokunu içine çekmeyi ihmal edecek... En çok da sana ağladım bu gece ve sonra biten bu aşk masalına.

Ayrılıktan Sonra Adım Adım Ölmek

Benden Ayrıldığının 1. Haftası

Hâlâ sen varsın gibi, olmasan da yaşatıyorum seni! Ayrılığımız henüz yeni ama sensiz yapamıyorum, seni görürüm umuduyla sokağınızın kaldırımlarında saatlerce oturup bekliyorum. Hiç gelmedin, yoksun. Ve yine belki karşılaşırız umuduyla sürekli gittiğimiz kafede sabahlıyorum, kapıdan hep tanımadığım başka yüzler giriyor içeri, yavaş yavaş her şeyden soğuyorum...

5. Hafta

Kilo verdim sevgilim, zayıfladım.

Kapım da aralık, olur ya, belki özlersin dönmek istersin diye.

Gördüğüm tüm insanlara seni soruyorum:

"Yaşama sebebimi gördünüz mü?"

Cevaplar her seferinde aynı:

"O gitti!"

Nerdesin ben burada her gün ölüme gülümserken, sen nerdesin?

10. Hafta

Bir tuhafım, artık kıyafetlerini duvarlara asmaya başladım.

Anlamsızca pencerede beslediğin en sevdiğin çiçekleri sokağa attım.

Ben hiç böyle bir adam değildim oysa, çiçekleri severdim...

1. Yıl

Geri dönsen de tanıyamazsın, sakallarım bir karış, göz altlarımın rengi morarmış

İçkiye başladım hiç sevmediğim, kokusuna dahi dayanamadığım içkiye

Şimdi bir oturuşta onlarca şişe deviriyorum, sigarayı günde beş pakete çıkardım

Durmadan içiyorum, evimde kırılmayan cam yok, yüzümde çizgiler

Sokakta görsen dahi tanıyamazsın artık beni

Aynalar da farkı gösterir oldu, bazen ben bile kendimi tanıyamazken nerde sen...

3. Yıl

Artık dönmen hiçbir şey ifade etmez, sensizliğe bu kadar alışmışken

Seninle olmak düzenimi bozar, olgun yaşıma aldırmadan

Oyuncağı elinden alınmış bir çocuk misali

Balkona çıkıp sensiz geceye ağlıyorum

Sensiz yaşanmıyormuş, kahvaltının ne olduğunu unuttum.

Çöp evde yaşıyorum bütün eşyalar üst üste
Işığım yok, sularım kesik, raflar, çerçeveler, sevdiğimiz kitaplar
Duvardaki resmin toz içinde, en sevdiğin kıyafetlerin soldu artık.
Şimdi nerdesin, kiminlesin bilemem. Belki de mutlusundur, birkaç çocuğun vardır.

5. *Yıl*

Daha çok yaşlandım, saçlarımı beyazlar örttü, sopalarım olmadan
Rahat kalkıp sensiz sokaklarda gezemiyorum
Bazen yaşlandığımın bile pek farkına varamıyorum
Hafızam gelip gidiyor arada
Artık ölüm yakın bunu hissediyorum
Kurduğum hayal seninle yaşlanmaktı, kaderim sensiz ölmekmiş
Biliyor musun bu yaşıma aldırmadan
Hâlâ sağdan soldan bulduğum içkileri içiyorum
Sigara desen son paketim cebimde
Üzerimdeki kıyafetleri değiştirmeyeli kırk gün oldu bilemedin kırk beş.
Sokak adamıyım ben her kaldırımda çürüyen bedenimin kokusu var.
Bakma hâlâ evimin olduğuna, köpek bağlasan durmaz. Karar verdim öleceğim.
İntiharı düşünüyorum. Duvardaki tozlu resmini silip göğsümde sakladım

Üzerimi değiştirdim, üzerimdeki tişört senin, kokusu senin
Sen gibi nokta koyacağım satırlarıma!

Evden çıktım:
Şimdi bütün efkârımı sövdüğüm uçurumdayım
Manzaram mavi sularıyla bana ağlayan deniz.

Ölüme son beş adım:
Şeytan kulağımda
"Hadi yap şunu, sadece birkaç adım kaldı..."

Ölüme dört adım:
Zihnim bulanıyor, gözlerim dönüyor
Rüzgâr çok sert esiyor üşüyorum...

İşte bir adım daha:
Şeytan yine kulağımda...
"O şimdi seni öptüğü gibi başkasının dudaklarında, hayallerde..."
Bırak kendini kurtul, iliklerim titriyor, titreyişim korkudan değil!

Ve bir adım daha:
Uçurumun dibi göründü, kayalıklar sivri, dalgalar adeta beni çağırıyor
Hadi kapat gözlerini sonsuzluğa, bir ayağım havada hayal ediyorum
İlk öpüşün aklımda ama o dudaklar bana ihanet etti!

Son adım:
İşte bu...
Gök gürüldüyor, bulutlar ağlıyor
Yağmur damlaları tokat gibi yüzüme çarpıyor
Dalgalar kudurdu, kayalıkları dövüyor
Şeytan senin kılığında karşımda kollarını açmış bekliyor...

İşte karşımdasın, bir adım atsam sarılacağım
Sadece bir adım rüzgâr saçlarının kokusunu içime işliyor
Her şey isyanda... ağaçlar, yağmurlar, yer gök çığlık çığlığa
Çığlıklar arasında sana geliyorum sevgilim gözlerim kapalı
Son sigaram dudağımda kollarımı açıp bıraktım kendimi boşluğa...

Ben uçurumdan savrulup düşerken son saniyelerimde dahi
Hâlâ seni düşünüyor seni seviyorum.

Yağmur dindi, dalgalar bedenimi alıp çekip gitti...
Şeytan yok, adımlar saymıyorum artık, çığlıklar kesildi
Sessiz bir gece var şimdi, sessiz, gürültüsüz, rüzgârsız bir gece...

Sen gittin ve ben bittim.

Annem Hiç Affeder mi Beni?

Ne yani, sahiden unut dedin diye unutacağımı mı sandın?

Ben çocukluğumdan bugüne dek annemin yapma dediklerini yaptım.

O denli saygısız ve aptaldım.
Şimdi senin unut demeni kabul edersem
Annem hiç affeder mi beni!

Sonra

Sonra bir bakıyorsun, hep yanında olacağını söyleyenlerin, yara izleri duruyor kalbinde.

Sonra bir bakıyorsun, kime güvendiysen hep gitti.

Sonra bir bakıyorsun, haddinden fazla yalnızsın. Ve anlıyorsun ki yanında olmayanların aklında olması hep boşuna. Sonra bir bakıyorsun yalnızlık sana birçok şey öğretiyor.

Mesela daha önce bilmezdin, bazı şarkıların senin için söylendiğini.

Daha önce bilmezdin, çayını alıp pencere kenarında otururken yağmura bulaşan toprak kokusunun eşi benzeri olmayan verdiği o huzuru. Daha önce anlamazdın, bir gün sahiden her saat kendinle konuşacak kadar vaktinin olacağını. Daha önce bilmezdin, hiçbir çıkar beslemeden sevdiğin ahmakların arkandan kuyunu kazacaklarını. Nereden bilebilirdin ki, hep masumdun. Kalbinde kötü niyetleri büyütmüyordun. Biz sadece bazılarını hiç gitmeyecekmiş gibi çok sevdik, şimdi bu yalnızlığımız o yüzdendir işte.

Ah Şu Sezen Aksu Şarkıları!

Zor geliyor değil mi? Bir daha ona dokunamamak, nefesini teninde hissedememek çok zor geliyor değil mi? Aynı yağmurda ıslanmayacağınız kadar uzağında olmak ya da caddelerde birbirlerine sarılan insanları görmek acıların en mükemmeli değil mi?

Unutmak istersin, birileri önünde sevişir sokağa çıkmazsın, radyoda duygusal bir şarkı çalar.

Yine ayrılığın üstesinden gelemezsin şüphesiz ağlarsın, oysa elleri avuçlarında terlerken tebessüm ederek "Beni bırakma!" diye fısıldardı kulağına. O an bu kelimeler sana öyle samimi gelirdi ki biraz daha bağlanırdın, *beni bırakma diyenler genelde terk edenlerdir* ve bu düzen içinde ahmaklık yapıp güveniriz dudaklarından çıkan her söze!

Alışamadın değil mi, yokluğuna, yalnız uyumaya, başka tenlerde görmeye, hayal etmeye? Hatta birkaç defa kalbine söz geçiremeyip geceleri "Nasılsın?" diye mesaj da attın.

Sadece nasılsın.

(CEVAP YOK)

Yani o gece de uykusuzluğu tattın.

Ağlıyorsun değil mi? Fotoğraflara dalarken geçtiğiniz yollarda yürürken, sinemada yalnız film izlerken, onu düşünüp kelimeleri seviştirirken ve hiç okuyamadan tozlu raflara kaldırırken, gülümsemeyi unuttun değil mi? Adını anarken, birileri ondan bahsederken, haftalar önce sana attığı o "Seni seviyorum!" mesajını okurken.

(AMA)

Bak şimdi gündüzün üzerini gece örttü ve sen yatağında yapayalnızsın ve o çoktan unuttu seni. Üzülüyorsun değil mi? Yalnız değilsin ben de üzülüyorum, hadi kalk daha çok "bok" edelim geceyi. Sezen Aksu'nun o dinledikçe acıtan, acıttıkça kanatan, kanattıkça daha çok sürükleyen şarkısını dinle...

(VAZGEÇTİM)

Ayrılıklar hep böyle, ayrılıklar kalbi kusursuz ağrıtan acılara gebe. Üzülüyorsun değil mi? Yaşadığınız mutlu günler mazide kaldı. Ayrılık hiç, ama hiç bu kadar adaletsiz davranmadı... Ağlıyor musun? Yalnız değilsin ben de ağlıyorum. Yokluğuna alışamadın değil mi? Yalnız değilsin ben de alışamadım. Gülemiyor musun, olmuyor mu, unutamıyor musun, sessizce ölüyor musun? Yalnız değilsin, ben de unutamıyor ben de ölüyorum...

Ocak 2010 Perşembe gecesi Sezen Aksu ıslattı göz*kapaklarını. Unutma!*

Bize sesiyle huzur verebilecek biri lazım.

O soğuk havada karşılıklı sıcacık birer çay içtik.
Ve bu bana yetti.

Bazı şarkılar
Gurur yapma, ara ve özlediğini söyle der gibi...

Bu Aşktı

Tuhaf olanı bunca fedakârlığıma rağmen
Beni sevmemen değildi.
Tuhaf olanı neydi biliyor musun?
Tüm insanlar içinde beni en çok senin kırıp, yaralayıp, üzmendi.
Ve buna rağmen seni hiç unutamamamdı uykusuz gecelerde
Çaresizce iç çekerek adını sayıklamamdı. İşte galiba bu aşktı...

Kime Adım Atsam Sana Koşuyorum

Yasak bir kuralı çiğnemek gibiydi, giderken "Beni unut!" demene rağmen seni hâlâ unutmamam. Sevenler bilir! Sevilenin küçük bir tebessümü, tedavisi mümkün olmayan hastalığa "mucize" gibi geldiğini. Gelen gideni aratır derler, AŞK'ta bu doğru! Kime dokunsam, kimi öpmeye kalksam yan yana dururken, aramızdaki o bir karış mesafeye "taht" kuruyor hayalin öpemiyorum, dokunamıyorum! Başkalarında avutmak kalbi, kabuk bağlamayan bir yarayı kanatmak gibi! Kime adım atsam sana koşuyorum, kime sarılmayı düşünsem kendimi yeniden sende buluyorum. Anlamanı da beklemiyorum. Çünkü AŞK'ta kalp aklı asla affetmez öldürür. Senin için anlamsız gelen tavırlara ben AŞK diyorum. Fotoğraflara sarılarak uyumak, kalan eşyalarından hâlâ çok sevmek seni, AŞK'ın belirtisi değil mi?

Platonik Bir Aşk Yaşıyorsan Eğer...

Bazen özledim diyemezsin, en fazla birkaç sigara daha yakarsın.

Bazen özledim diyemezsin, nasılsın dersin.

Bazen özledim diyemezsin, sokağından geçersin.

Bazen özledim diyemezsin, gizli numaradan onu ararsın.

Bazen özledim diyemezsin, fotoğraflara dalarsın.

Bazen özledim diyemezsin, yaşanmışlıkları hatırlayıp o özlemi biraz olsun gidermeye çalışırsın.

Bazen özledim diyemezsin, gecelerce Sezen Aksu dinlersin.

Vazgeçtiğime Ağla

Kendine benim gözümden bakmanı da istemiyorum.

Çünkü gittiğin için nefret edebilirsin kendinden, bu sevgi nasıl terk edilir diye. Kendine benim gözümden bakma. Bırak aynalardaki yüzün neleri kaybettiğinden bahsetsin. Benim için üzülme sakın, çünkü ben yalansız ve çıkarsız sevmeyi başaran biriyim, sense sevginin hiçbir harfini hak etmeyen. Bu yüzden giden olduğun gibi kaybeden de sensin unutma. Üzüleceksen buna üzül, illa gözyaşı dökülecekse eğer artık vazgeçtiğime ağla.

Biraz Huzur Verin Yeter

Hayalini kurduğum hayattan çok uzaktayım. Artık biraz huzur verin bana, yokmuşum gibi davranın, beni görmezden gelin. Çünkü varlığımı hissettiğinizde, canı yanan sadece ben oluyorum. Ne zaman kendi hayatımı yaşamak istesem, ne zaman tatlı bir delilik yapmaya kalkışsam ya da ne zaman toparlanıp kendi mutluluğum için savaşmak istesem, başarmama engel olmak uğruna adeta etten duvarlar örüyorsunuz karşımda. Sevmekten de yorulabilirmiş kalp anladım. Ve bunu öğreten yine siz sevdiklerimdiniz. Beklediğimde gelmeyenlerin, vazgeçtiğimde bir heykel misali karşımda durmaları son treni kaçırmak gibi, artık adınızı hatırlamayacak kadar uzak olun, beni işlenmemesi gereken en büyük günahlardan bilin. Hayalini kurduğum hayata koşmak istiyorum ve biliyorum sizlerin gidip gelmeleri olmasa ben mutluluğa yetişeceğim.

Ben Ağlarken Neredeydiniz?

Evet belki çok yalnızım.
Evet belki çok yaralandım.
Evet belki kendi kabuğuma çekildim.
Evet belki artık insanlara güvenmek istemiyorum.
Evet belki dışarıdan bakıldığında, umursamaz biriyim.
Evet hakkımda ne düşünürseniz düşünün ilgilenmiyorum.
Ben sadece tek bir cevap bekliyorum, siz değer verdiklerim ben ağlarken neredeydiniz?

Erkek ve Adam

Erkek olmakla adam olmayı aynı kefeye koymamak gerek.

Erkek birilerini hayatında tutmak için yalanlara başvurur, beslemediği duygulardan bahseder.

Adam yanında olmasa da doğrulardan korkmaz. Hislerini apaçık anlatır. Ve gerektiğinde istersen ellerimi tutma, ama sevdiğimi bil yeter der. Erkek zoru görünce geri adım atar. Adam zorluklarla savaşmaya koşar. Erkeğin gözü çevresindeki herkesi görür. Adam sevdiğinden başka herkese kördür. Erkek fedakârlığı sadece kitaplarda okur. Adam o kitaplarda kahraman olur. Erkek mutluluğun ayaklarına gelmesini bekler. Adam küçük şeylerle dahi mutluluk doğurur. Erkek sen gülümserken yanında olur. Adam kahkahalarından çok sen ağlarken yanında olup gözyaşlarına dokunur. Erkek basittir. Adam tavırlarıyla farklı olduğunu gösterir. Erkek seviyorum der. Adam bunu iliklerine kadar hissettirir. Erkek sus der. Adam son ana kadar dinler. Erkek gider. Adam benimle gel der. Erkek dudaklarında kaybolmayı düşler. Adam alnından öpeceği günü bekler. Erkek güzel bulduğu her kadına âşık olur.

Adam yalnızca bir kadına.

Aşk Olmazları Oynamayı Sever

Milyarlarca insan var bu hayatta ve sen gidip o dengesize âşık oluyorsun, sonra tüm düzenin deniz dalgasına maruz kalan kumdan kaleler gibi darmadağın oluyor ve birileri çıkıp adaletten bahsediyor. Hayır platonik âşıksan hayat sana adaletli davranmaz. Mesela onun uyuduğu saatlerde sen hayaller kurup onu düşünüyorsundur. Mesela onun başkasına sarılıp dinlediği şarkılarda sen gözyaşlarınla mendilini ıslatıyorsundur. Mesela onunla aynı şehirdesiniz ama karşılaşmayacağını bildiğin halde yine de birlikte uğradığınız yerlerde saklanarak dolaşıyorsundur, karşılıksız seversen bu sevgi sadece acı doğurur. Ve yalnızca sen yaşarsın, onun haberi olmaz, ama kalbin yansa da yine de iyi olmasını dilersin. Güzel yanları da var tabii. Mesela onu dilediğin gibi hayatının başköşesine koyabilirsin, ona sarılırsın, öpersin, daha önce yaşayamadığınız bazı güzellikleri seninleymiş gibi düşlerinde yaşarsın. Evet belki düşlerden ibaret ama yine de anlık mutlu olur tebessüm edersin. Ve en zor şeylerden biri de sevdiğin insanın başkasıyla mutlu olmasını istemek, bunu kabullenmek. Birçok kişi bu duruma sırt çevirir, benimle olsun der. Lakin gerçekten seviyorsan seninle veya bir başkasıyla fark etmez, yeter ki o dengesiz mutlu olsun dersin. Aşk işte, hep olmazları oynamayı sever...

Seni Annemin Gülümseyen Fotoğrafı Kadar Çok Seviyorum

Kış mevsimiydi ve o inanılmaz soğuğa rağmen sahilde oturmuş çaylarımızı yudumluyorduk. Onunlayken kış mevsimi hep ağustos gibi sıcacık geçerdi. Ondan ilgi görmek hoşuma gidiyordu.

Dudaklarından düşen güzel sözleri duyup şımarmak benim için alışkanlık haline gelmişti ve ona beni ne kadar çok sevdiğini sormuştum...

Parmaklarını saçlarında dolaştırarak, "Gece yarısı uykumun en tatlı yerinde sana benzeyen bir çocuk sesiyle uyandırılmaktan tek bir an dahi hiç şikâyet etmeyecek kadar çok..." dedi. Şaşkınlığın verdiği kısa bir sessizlikten sonra ikimiz de tebessüm etmiştik. Bu bir adamın duyabileceği en güzel sevgi cümlesiydi... İçindeki aşkı daha nasıl tarif edebilirdi ki? Ve zaten o an başka sözler fısıldamasına gerek duymuyordum... Bu onu daha çok sevmemi sağlamaya yetecek kadar anlamlıydı...

Göğsümde uzanıp, "Peki ya sen?" dedi.

O dalgalı saçlarını okşarken, "Yatağımın karşı duvarında asılı olan annemin gülümseyen fotoğrafı kadar seviyorum..." dedim.

Başını kaldırdı.

Şaşkındı, bu cevabı beklemiyordu, aslında bunu söylemeyi ben de pek istemezdim, sevgimi anlatabileceğim daha farklı ve güzel cümleler bulabilirdim, ama anlık bir şeydi bu. Birden ağzımdan çıkıvermişti. Annemi kaybettiğimi zaten biliyordu. Ve daha önce bu cümleyi hiç kullanmadığım için, "Nasıl yani?" diye sordu...

Çayımdan yeni bir yudum alıp:

"Üzülme lütfen, ölüm de hayat kadar gerçek..." dedim. "Sevdiklerimizi kaybediyoruz evet ama ben bununla yaşamayı öğrendim. Tam beş yıl oldu. Annemi erken kaybettiğimde, o sıralar haftalarca içime kapanmıştım. Sonra bir gece geçmek bilmeyen bu acı, düşüncelerimi de değiştirmeye başlamıştı. En çok sevdiğim insanın artık yok olması, benim için hayatın bir anlamının kalmadığını düşündürüyordu. İntihar çeşitleri, beynimi kemirmeye başlamıştı... Kararlıydım, her güne ölmek için uyanmaktansa yalnızca bir kez sonsuzluğa gözlerimi yummak istiyordum. Ve buna tam adım atacakken karşımda annemin o gülümseyen fotoğrafını görmüştüm. Biliyor musun, onun ela bakışlarında hayat vardı adeta. İşte o an, sahiden de annemin beni bir yerlerden izlediğine inanmıştım. O an kalbim titriyordu, sanki annem karşımda duruyormuş gibiydi ve ben intiharı düşündüğüm için çok utanmıştım. Suçlu gibi hissediyordum kendimi. Fotoğrafı elime aldım, uzun uzun seyrettim gülüşünü, yanaklarına dokundum, saçlarını okşadım, gamzelerinden öptüm, ağlayarak... O gece o fotoğrafı görmeseydim şu an mezarımda çiçekler açacaktı ve ardımda bıraktığım birkaç insan arada bir uğrayıp o çiçekleri sulayacaktı. Beni hayata en çok da annemin gülümseyen son fotoğrafı bağladı. Ve sen de gelişinle hayata kördüğüm atmamı sağladın. Seninle yaşamayı yeniden öğrendim, bu yüzden seni annemin gülümseyen fotoğrafı kadar çok seviyorum ve seninle gülümseyerek ölmek istiyorum."

İkimiz de sessizdik.

İkimiz için de o an söylenecek başka bir şey yoktu çünkü.

Sarıldı, ben kirpiklerine bulaşan gözyaşlarını öptüm ve o da ellerimden tutup avuç içlerimi...

Bana Gel

Bugün değilse yarın, yarın değilse öteki gün, o da olmazsa yıllar sonra nasılsa bir gün öleceğim. Yapmak istediğim tek şey dönüşü olmayan o karanlık yolculuğa çıkmadan önce sana sarılmak, sarılıp kokunu uzun uzadıya içime çekmek. Bu yüzden yarına uyanamayacağımı varsay ve bu gece bana gel...

Işığım Ol Karanlığıma...

Ve sonra sen çıktın karşıma, o an anladım ki insan hayattayken yeniden doğabiliyormuş. Ve sonra sen sıcacık dokundun üşüyen kalbime, o an anladım ki eğer insan gerçekten isterse mevsimlere dönüşebiliyormuş. Ve sen sarıldın bana, o an anladım ki bazı sarılmalar güvende olduğunu sağlayacak kadar temiz, yüzümüzde küçük tebessümler uyandıracak kadar güçlü olabiliyormuş, hiç bitme. Tüm acılarla tanıştı şu avuç içi kadar kalbim. Defalarca gidişlere şahit oldu gözlerim, sen gitme, yarım yasamak zorunda bırakma. Işığım ol karanlığıma.

Kendimi Seviyorum

Olur olmadık yerlerde aptal aptal gülümsemeyi, dinlediğim her şarkıda hayal kurmayı, benim için pek bir değeri olmayan ahmakları umursamamayı, gerektiğinde kuralları çiğnemeyi, bazen herkese sırt çevirip battaniyeyi üzerime çekip kalbimle baş başa kalmayı, onu dinlemeyi, günlerce uyumayı, yağmur çamur demeden kulaklığımı takıp saatlerce dolaşmayı, kahvemi alıp pencere kenarında oturup şehre düşen yağmur tanelerini izlerken kitabımı okumayı, gerektiğinde olgun biri gibi davranacak kadar güçlü olmamı. Kendimi çok seviyorum. Ağlayan bir çocuk gördüğümde oturup onunla çocuklaşan hallerimi. Sokakta avaz avaz bağıracak kadar biraz deli olan yanımı, tüm yaşlı insanları ailem gibi görmemi. Ben en çok kendimi seviyorum. Bazen dokunsan ağlayacak kadar duygusal olmamı. Bazen küçük bir şeye kızacak kadar agresif olmamı. Birinin kalbini kırdığımda dakikalar geçmeden pişman olup masum bir çocuğa bürünüp dudaklarımı büzerek onun gönlünü almayı, her şeyi yapabilecek kadar gözü kara olmamı, fakat çok üşengeç olduğum için hiçbir şey yapmayan hallerimi seviyorum. Sen de sev. En çok kendini sev. Kendini sev ki sağ çıkamayacağın bu hayat yaşamaya değsin. En çok kendinle mutlu olmayı öğren, öğren ki hayatından çıkanlar için üzülme. Ben yine de gülümserim de.

Güzel gülümseyen kadınları koruma derneği olmalı. Çünkü bazı insan demeye çekindiğimiz varlıklar, onları aşktan soğutuyorlar.

Sen uyumuyorsan ben de uyumuyorum diyebileceğimiz biri olsaydı uyurduk.
Kıyamazdı ki bize.

Zoru sevdiğini söyleyenlerin, gitmek kadar kolay bir yola başvurması ne garip.

Özlersen

Olur da özlersen, telefon tuşlarına dokunmaktan çekinme.

Olur da aklına gelirsem, başka şeylerle uğraşmaya kalkışma, bırak biraz daha kalayım orada, güzel hayaller kur mesela. Sonra "Böyle bitmemeliydi!" de veya keşkelere kapıl, beni arzula. Saçlarının ellerimi özlediğini düşün, havalar da soğuk. Şimdi avuç içlerini öpmeyi çok isterdim, bensiz üşür ellerin kıyamam. Olur da yeniden gözlerimizin birbirine değmesini istersen, telefon tuşlarına dokun, ben hep yakınım sana. Olur ya bazen içine bir hüzün çöker, ruhunun bedenine sığamadığını düşünürsün, canının yandığını hissedersin ya, sakın korkma.

Gel sarılınca geçer...

Kaybederiz...

Aşk biterse ikimiz de kaybederiz.

Ne kimse beni sen gibi sever, ne de ben kimseye sen gibi koşabilirim. Bitmesin.

Aşk biterse ikimiz de parça parça eksiliriz, ben özlerim sen gelmezsin. Ben ağlarım sen öpmezsin. Bitmesin. Aşk biterse hayalimdeki çocuklar da ölür katil oluruz. Aşk biterse yalnız kalırız ve biliyorum yalnızlık ikimizi de çabuk yaşlandırır. Birlikte yaşamak varken uzaklarda ölmeyelim. Aşk biterse bir kadının gözleri okyanus olur, bir adam kendini şarkılara vurur, ağlamayalım. Hayat çok kısa, hüzünleri bırakalım bir kenara, yarının garantisi yok, vakit varken ellerimden tut. Bazen çocuklaşalım ve uzun uzun birbirimizi sevelim.

Geleceksen...

Bana geleceksen, geçmişte yaşadığın ilişkileri unutmalısın ve benimle bulutlar kadar temiz bir sayfa açacaksın. Bana gelirken, yalanın sözlükteki anlamını dahi bilmeyeceksin ve beni sorgulamadan, kusur aramadan yanımda olmanı istiyorum. Küçük kıskançlıklarımız hep olsun ama dozunu aşmayalım. Çünkü kontrolü kaybedince çok geçmeden kalplerimiz kazaya uğrar, parçalanırız. Bana geleceksen, nerede olursak olalım yanındayken kendimi güvende hissetmemi sağlayacak kadar güçlü olmalısın. Üzerime düşen kalbimin sana ait olduğunu ispat etmekse buna seni inandırmaksa, hiç şüpheye kapılma. Konu sevmekse eğer senin için en doğru adres benim. Geleceksen yağmurda benimle ıslanmaktan çekinmeyeceksin. Biraz da utangaç olalım, mesela gözlerimize bakmaya kıyamayalım. Birbirimizi öperken yanaklarımız kızarsın. Geleceksen dününde bırakacaksın yaralarını, yaşadıklarını, çünkü aklındaki başka biriyken sarıldığın kişi olmayı hiç istemem.

Gururlu Kadınlara Sarılmak İstiyorum

Aylar sonra yeniden dönmüştü ve hiç utanmadan karşıma geçip "özledim" masalıyla uyutmaya çalışıyordu beni. Lakin yokluğunda nasıl acıdan çıktığımı bilemiyordu. Onun kalbi hâlâ onu sevdiğimi sanmakla meşguldü. Oysa unutmuş gibiydim, yani yokluğu artık çok acıtacak kadar güçlü değildi. Yalnız başıma sağ kurtuldum. Dipsiz bir kuyuda çırpınırken, en çok onun ellerinin sıcaklığına muhtaçken ve bunu bilip bambaşka aşklara yelken açmışken, nasıl sevebilirdim ki hâlâ? Değişmişti yüzü, bakışları, saçları, sevdiğim her şeyi değişmişti. Karşımda duran bir zamanlar gözlerinin derinliğinde yeni bir hayat keşfettiğim insan değildi. Yabancı gibi duruyordu. Ve tuhaf olanı da öylece gözlerimin içine baktığında hiçbir şey hissetmememdi. Dudakları titreyerek "Affet!" dedi, artık sanki çok umurumdaymış gibi. Düştüğüm yerden daha güçlü kalktım, kalbimde açtığın yaraları birer birer sarabilmeyi öğrendim. Hatırla, giderken unutmam için dizkapaklarıma sarıldığını. Ve gülümse şimdi, dilediğin gibi unutabildiğim için. Geç kaldın bu aşka. Şimdi otur biraz da sen ağla.

İstersen Başarabilirsin

Geri zekâlı diye dalga geçtiğimiz insanların çok güzel mesleklerinin, mutlu bir hayatlarının, imrendiğimiz pahalı arabalarının, lüks evlerinin olması ne tuhaf değil mi? İşte bunlar hep düzenli çalışmak, yapılan programa sadık kalmak.

İnan başarmak, gözümüzde büyüttüğümüz kadar zor değildir.

İnsan ilk olarak kendine güvenmeli. Ve sadık kalacağı bir yol çizmeli, başıboş davranmak hiçbir zaman kurduğun hayallere dokunamayacağını gösterir... Belki çok zorlanacaksın, belki çok canın sıkılacak, belki bıkacaksın, ama asla vazgeçme! Arkana yaslan ve düşün...

Caddeden geçerken hayranlıkla baktığın o arabaları düşün; herhangi bir sokaktan geçerken ben bunun içinde kaybolurum dediğin evleri. Düşünebildiğin kadar mükemmel bir hayat düşün...

Bunlara ulaşmanın imkânsız olduğunu sanıyorsun değil mi?

İşte senin en büyük yanılgın da bu! Sahip olamadığın şeylere, bir gün sahip olma ihtimalinin olmayacağına o kadar çok inandırmışsın ki kalbini, bu yüzden hayalini kurduğun hayata el sallıyorsun... Başarırsın! Elbette bunu yaparsın! Hiç kimseye gökten düşürülmedi, sahip oldukları. Hiç kimsenin önüne altın tepsiyle sunulmadı yaşadıkları mükemmel hayat. Geçmişinde çektiği cefanın şimdi sefasını sürüyor özendiğin insanlar. Diyorsun ki, olduğum yerden kalkmadan, bana gelsin istediklerim... Kazanmak uğruna verdiğin savaşta, yara almadıkça, çaba göstermedikçe, alnın terlere bulaşmadıkça... her geçen gün kaybedersin ve biliyorum ki ileride pişmanlıklara tutsak olacak kalbin.. herkesten, her şeyden, en çok da kendinden nefret etmeye başlayacaksın... Ve o tertemiz hayatın mahvolacak. Hiç kimse seni hatırlamayacak, ciddiye almayacak. Yokmuşsun gibi akıp gidecek zaman.

İnan bana, hâlâ geç değil. Lütfen bir yol çiz kendine. Vazgeçmenin, pes etmenin ne demek olduğunu unuttukça hiçbir şey karşında duramaz senin...

Hadi toparlan, bugün kazanmaya başlıyoruz...

Ama...

Ama diyene kadar her şey kulağa çok güzel geliyor ve hatta bazen gülümsüyorsun.

Fakat bir cümlede ama geçiyorsa darmadağın olursun.

Çünkü genelde ya sevemediğini söyler ya da başkasına gideceğini.

"İyi birisin, seninle birlikte olacak kişinin şanslı olduğuna inanıyorum.

Ama ben seni hak etmiyorum, sen daha iyilerine layıksın.

Sadıksın, güvenilirsin, hoşsun, tertemiz bir kalbe sahipsin, seninle aşkı denemeyi inan çok isterdim ama başkasını seviyorum..." der ve gider, ne garip değil mi?

Dilediğin Gibi Yaşa

Oluyor değil mi? Hakkında adından başka hiçbir şey bilmeyen o ahmaklar senin de hayatına karışıyor. Karşına geçip bir bilge gibi, bir düşünür gibi nasihatler veriyor değil mi? Yok efendim şöyle yapma, yok efendim bu yanlış, yok efendim neden bu kadar asi ve dik başlısın, yok efendim neden söz dinlemiyorsun diye saçmalayıp duruyorlar değil mi? İşte o an "Sen kimsin ki bana bunları söylüyorsun? Nesin ki doğrularıma yanlış diyebiliyorsun!" diye söylenip boğazına yapışasın geliyor değil mi? Ama yapamıyorsun işte, çünkü yaşça senden büyüktür. Saygını koruyorsun. Ve sen başını eğip yerdeki halının desenini seyredip sustukça, onlar daha çok konuşmaya başlıyor değil mi? Böyle durumlarda yapman gereken tek şey sadece peki peki demektir. Boş ver gitsin, takma kafana. Çünkü ne dersen de onlar seni anlamayacaklar, çünkü onlar yaşamak istedikleri hayattan uzak kalarak büyüdüler, çünkü onlar başarmanı istemiyorlar, çünkü onlar hep birilerinin ağzından çıkan sözlerle hayatlarına yön verdiler. Onların seçme hakkı da olmadı, bu yüzden senin de onlar gibi sorgulamadan, sana söylenene karşı koymadan yaşamanı istiyorlar. Bu yüzden sadece peki de. Ve dilediğin gibi yaşamaya devam et.

Bir Hamle Daha

Yapacak hiçbir şey kalmadığında, hiçbir şey yapmamak en iyisi falan değildir. Yine de vazgeçmediğimizi göstermek lazım, belki bir mesaj daha atılmalı, belki bu son diye her gece aramalı veya sokağından bir kez daha geçmeli. Yine de vazgeçmediğimizi göstermek lazım. Çünkü seven insanın her zaman yapacak bir hamlesi daha olmalı, hiçbir şey yapmamak en doğrusu deyip sessiz sessiz beklemektense, bugün de sana inat seni dünden daha çok seviyorum ve bunu yarın da tekrarlayacağım diyebilmeli insan.

Ve Tahsin Âşık Olur...

Uzun bir aradan sonra, yine bizim Tahsin'le her zamanki mekânımızda oturup gereksiz şeylerden konuşuyorduk. Sonra Tahsin yine içini dökmeye başlamıştı.

"Birini sevdiğini tam olarak nasıl anlarsın?"

"Bu da nerden çıktı Tahsin? Konuşacak başka bir konu mu yok?"

"Ben ciddiyim, cevap versen?"

"Bak çocuk bakışlı kardeşim, birini sevdiğin zaman, onu gördüğünde sanki en sevdiğin şarkı kulağında çınlıyormuş gibi hissedersin, kalbin hızlı hızlı çarpmaya başlar. Onu gördüğünde asıl kimliğini yitirirsin. Sevgi kelebeği gibi olursun, etrafa gülücükler yağdırmaya başlarsın. İçinde filler tepinmeye başlar. O an senin için zaman durur."

"Allah kahretsin!"

"Çocuk bakışlı, yoksa kalbini birine mi kaptırdın?"

"Galiba evet."

"Peki onun bundan haberi var mı?"

"Evet, tavırlarımla bunu ona gösterdiğimi düşünüyorum."

"Peki ya o, o da senden hoşlanıyor mu?"

"İşte bunu bilemiyorum, bazen onunla karşılaşıyoruz, ikimiz de gözden kaybolana dek birbirimizi seyrediyoruz, gülümsediğini görüyorum, bazen sanki artık sevdiğinden bahset der gibi yüzünü asıp bakıyor."

"Peki neden gidip konuşmuyorsun onunla? Böyle birbirinizi uzaktan sevmeye devam edemezsiniz, eğer birlikte vakit geçirmezseniz, yavaş yavaş birbirinize olan ilginiz buhar olup uçar."

"Korkuyorum."

"Korkma, seviyorsan korkma. Git konuş. Ona karşı beslediğin duygulardan bahset. Kurduğun hayallerden bahset, o an içinden ne geçiyorsa hiç korkmadan anlat. Kadınlar pek ilk adımı atmayı tercih etmezler. Ve zaten erkeğe yakışan da kadın gibi naza kaçmak değil, duygularını adam gibi, yalansız anlatmak. Korkulacak hiçbir şey yok çocuk bakışlı. Âşık olmak, utanılacak bir şey değildir. Sevmeyenler utansın. Birini gecelerce rüyasında görmeyenler utansın. Aşkı tatmayan kalpler utansın. Zaten onun da sana karşı boş olmadığını söylüyorsun. O halde beklemek neden? Sevdiğini söyleyemediği için, başka kollarda âşık olduğu kadını görenleri çok duyuyoruz. Sen onlardan olma, olma ki beni çok gülümsetme. Birini seviyorsan saklamayacaksın. Saklarsan kaybedersin. Şimdi kalk ve onu bulmaya git, seni burada bekliyorum..."

(Tahsin'in bu tuhaf aşk hikâyesinin devamı, birkaç sayfa ileride...)

Bırakın Şu...

Güzel dudaklara sahip bir kadın her zaman daha farklı gülümser yalanını.

Dünyanın en güzel, en çekici, en şehvetli dudaklarına sahip olsan da, eğer içinde terk edilmişliğin yarası kaldıysa gülümseyemezsin. Eğer insanların menfaatleri için yanında durduğunu anlarsan, gülümseyemezsin. Eğer şarkıların hatırlattığı adamı sensiz gülümserken görürsen sen gülümseyemezsin. Yatağında uzanıp öylece tavanı seyrederken bir anda aklına düştüğünde gülümseyemezsin. Nerede olduğunu ve hangi sokak köşesinde karşılaşacağınızı bildiğin halde hiçbir şey yapamayacak kadar çaresizsen eğer gülümseyemezsin. Arkadaşlarından bazıları ondan bahseder ve sen başını eğer gülümseyemezsin. Koca bir kalabalığın içinde kendini yalnız hissettiğinde gülümseyemezsin. Kafede otururken garsonun yakasında yazılı olan isim onun ismiyle aynıysa sen gülümseyemezsin. Lakin, elindekilerle, sana ait olan şeylerle mutlu olabiliyorsan, gülümsersin. Aşk varsa ayrılık ihtimali de vardır. Bunun bilincinde olup, kendini çok kaptırmadan aşkı deneyip yürütemediğinde çok canın da yanmaz yeniden gülümsersin. Seni sorgulamadan dinleyecek tek kişinin sadece kendin olduğunun farkına varırsan gülümsersin. Küçük tatlı bir çocuğun saçlarını okşarken tombul yanaklarından öpersen gülümsersin. Bu da geçer deyip sana iyi gelen şeylerle meşgul edersen aklını gülümsersin. Makyajını tazeleyip, gidene küfreder gibi ince topuklu ayakkabılarını yere vura vura emin adımlarla ilerleyip bu hayattaki en güzel şey benim dersen, herkesten önce en çok kendine güvenirsen ve hâlâ daha çok gencim, bir kapı kapanır ama bin kapı açılır, akıttığım gözyaşlarıma asla değmezsin diye fısıldarsan kalbine elbette gülümsersin bayan.

Güzel dudaklara sahip bir kadın değil, yanlışlarını tekrarlamadan, yoluna devam eden bir kadın daha farklı gülümser.

Sorun şuydu:
Ben Aşık olunacak bir adam
Ve sen de sevilecek bir kadın değildin.
Hepsi buydu...

Olabilir, belki de &biz& iken &hiç& olduğumuz için
yağmur daha çok sert yağabilir.

Sevmememiz gereken insanları sevip.
Sevilmeyi hak edenlere sırt çevirdiğimiz için.
Belki de bu kadar çok canımız yanıyordur, olamaz mı?

Aşkı Yaşatabilirim Sana

Çok bir şey istemiyorum aslında.

Yanıma gel, uzattığım eli tut. Sonunu göremediğimiz bir yolda yürüyelim. Bana sarıl. Uğradığımız her yerde bir anımız olsun. Gülümseyelim. Beni çok sev. Eksilmeyelim. Havalar soğuk belki birlikte uyuruz. Sen başını göğsüme yaslarsın, ben kır çiçeklerinden taç yaparım saçlarına. Beni sahiplen. İnsanlardan çok korkuyorum, çünkü gidiyorlar, çünkü uzaklarda yaşamanın kurtuluş olduğuna aldanıp çekip gidiyorlar, sen onlardan olma. Mesafeleri sevmiyorum. Özlemeyi sevmiyorum. Dokunamamayı sevmiyorum. Yalnız kalmayı istemiyorum. Biliyor musun, birbirlerine yakışan birçok şey var bu hayatta, mesela yağmur toprağa, şarkılar geceye, şiirler sevgiliye, yıldızlar gökyüzüne ve kabul et gözlerin gözbebeklerime, ismim dudaklarına... En çok da adın soyadıma... Soyadımı al. Nefesini hissedebileceğim kadar yakınımda ol. Sabahları sesin uyandırsın beni. Bana güven. Tutunabileceğin kırılmaz bir dalım ben. Sığınabileceğin liman. Ağlamanı istemiyorum. Ama ağlarsan da omzuma başını yasla. Herkes eksildi bir parça. Bitmez dediğimiz çoğu aşk şimdi paramparça. Biz onlardan olmayalım. Beni sar. Beni sev, beni çok sev. Benimle kal. Çünkü herkesin daha önce şahit olmadığı ve hayranlıkla bakacakları bir aşk yaşatabilirim sana. Çok bir şey istemiyorum senden. Bir şarkı ol mesela. Bir ömür yalnızca benim için çalan...

Neden Kaybediyorsun Biliyor musun?

Çünkü kabul et çok safsın, sevdiğin insanlardan güzel sözler duymak çok hoşuna gidiyor ve bunu hep duymak istiyorsun, birilerine ait olmak elbette mutlu eder. Ama onların ağzından çıkan sözlerin hepsi samimi olmayabiliyor. Sonra çok güvenmeye başlıyorsun. Önce canan sonra can diyorsun kendini pek düşünmeden. Neden kaybediyorsun biliyor musun? Çünkü hâlâ insanlara sahiden de güçlü olduğunu göstermedin. Çünkü istesen onların ne yaparlarsa yapsın seni üzmeyi başaramayacak kadar kendine değer verdiğini ifade edemedin. Hep sessiz kaldın. Sessiz ve suskun... Sen içine attıkça onlar seni güçsüz bildiler, sen suskunluğu giyindikçe onlar seni korkak bildi... Ve böyle devam ettikçe farkında olmadan sandıkları gibi biri olduğuna inandın... Gerçekten kim olduğunu, istediğinde neleri başarabileceğini göstermiyorsun... Bu yüzden mağlup düştün karşılaştığın savaşlarda. Neden kaybediyorsun biliyor musun? Çünkü kırılgansın, çünkü karşındaki insanı kırmamak için haklı olduğunda dahi sen hep susarak boyun eğdin, onlar üzerine gelmeye devam etti... Neden kaybediyorsun biliyor musun? Çünkü sen artık kendini umursamayacak bir hale geldin. Yalnız başına ağlamaya alıştı gözlerin, bir parça mutluluk diledin ama onu da çok gördüler sana... Neden kaybediyorsun biliyor musun? Çünkü cesaretsizsin. Doğru yol insanlara sevgi vermek değilse, o halde acımasız ol. Ve hep şunu şöyle kendine: Hiç kimsenin hayatı benim hayatımdan değerli değil! Bunu aynanın bir köşesine yaz, her sabah yüzünü yıkarken hatırla. Acımasız olmak lazım gerektiğinde. Hep içinde saklarsan üzüntülerini bir gün baş edemeyecek hale gelir, kötü düşünceler esir alır aklını. Belki buralardan çekip gitme isteği belki de en yakın intiharla yok olma dileği... Sen neden kaybediyorsun biliyor musun? Çünkü hatalarından ders almayıp onları hep tekrarlıyorsun. Kendine gel ve aslında gerçekten kim olduğunu, ne kadar güçlü olduğunu, hak ettiklerinde hepsini silebilecek kadar acımasız olduğunu göster onlara...

Anlamıyorsunuz!

Sorun sevmek falan değil, sorun yanlış insan üzerine kurulan tertemiz hayaller. Sorun kalbimin kırılması değil, geçen onca zamanı biten bir aşka harcamak.

Sorun sevmek değil, asıl sorun mutluluktan gülümsediğimde yanımda olanların ağladığımda omuzlarına yaslanıp avunamayacağım kadar uzak olmaları. Sevdiğim için pişman değilim. Ben asıl insanların beni zayıf yerlerimden kırmalarına ağlıyorum. Sorun sevmek değil, mutlu yarınların düşlerini kurarken onun ardında parçalanan bir kalp bırakmamış gibi başkalarına gülümsemesi. Ben çok yoruldum. Artık başımı yastığa mutlu koymak istiyorum. Yatağımda güzel şeyler düşünürken uyumak istiyorum, yastığımı ıslatarak değil... Biraz uzak olun. Acıma acı katmak yerine, hatalarımla yüzleşmeme izin verin.

Yalnızca Sen Yaşarsın

İnsanları anlamak çok zordur.

Bazen ne yaparsan yap yaranamazsın. Bazen tüm saflığınla birine kapılırsın, masum şeyler düşünürsün, huzur veren güzel bir çocuğun gülüşü kadar masum şeyler. Birine bağlandığın zaman o seni üzse de onu kaybetmemek için sessiz kalırsın. İnsanları anlamak gerçekten de çok zor bir iş. Bazen bir kalp tarafından sahiplenmek istediklerini söylerler ve sen de sahiplenir, çok seversin, ama o yine de çekip gider. Ve insanlar en çok da giderken bencildir aslında, ardında bıraktıklarını umursamadan giderler, bazılarının sessiz gidişi, içinde kıyametler kopmasına neden olur ve bunu sadece sen bilir, o küçük dünyanda yalnızca sen yaşarsın...

O huzuru başkasında aramak için çekip gider
Kendisinin senin için huzur olduğunu bilmeden...

Tahsin'in Aşk Hikâyesinin Devamı

Saatler sonra...

"Hoş geldin kardeşim. Nasıl geçti?"

"Ben de bilemiyorum ki, iyi miydi yoksa kötü müydü anlamadım gitti."

"Neden, ne oldu ki?"

"Güzel güzel konuşuyorduk, hatta bu soğuk havada kalkıp kirpik uçlarımıza değen yağmur damlalarına aldırmadan caddelerde kol kola dolaştık."

"Eee sorun ne?"

"Gitti abi..."

"Nasıl gitti, ne dedin ki?"

"Sorma abi ya, ben çok geri zekâlı bir adamım galiba."

"Eh işte çok da akıllı sayılmazsın. Hadi anlatsana çocuk bakışlı, ne oldu?"

"Dediğim gibi, onunla görüştük, bir kafede oturduk önce, sonra yürümek istediğini söyledi, çıkıp dolaştık. Koluma girdi, kulağındaki kulaklıktan birini bana verdi, Sezen Aksu'dan *Hoş Geldin* şarkısını dinliyorduk."

"Kız zekiymiş çocuk bakışlı, şarkılarla da anlatmak istemiş sana olan duygularını ve çok güzel bir şarkı tercih etmiş. Daha iyisi olamazdı sanırım. Eee sonra ne oldu?"

"Sonra bir anda beni sevdiğini söyledi."

"Eee sorun ne o zaman? Senin de duymak istediğin aslında bu değil miydi?"

"Evet abi de, ben heyecanla çok saçma bir cevap verdim."

"Ne dedin Tahsin? Ağzındaki baklayı çıkar artık, uzatma."

"Teşekkür ettim abi."

"Ne?"

"Teşekkür ederim dedim."

"Tahsin az önce ben galiba geri zekâlıyım dedin ya?"

"Evet."

"Bunun galibası yok, sen resmen tescilli geri zekâlısın be kardeşim. Seni seviyoruma karşılık teşekkür ederim de ne demek? Benim bildiğim, çok yaşlı olduğun zaman biri seni karşıdan karşıya geçirince ona teşekkür edersin, ya da ağaca kaçan kedini kurtaran birine teşekkür edersin, seni seviyorum gibi güzel bir cümleye teşekkür ederim diyerek cevap vermek de neyin nesi çocuk bakışlı?"

"Abi ne bileyim ya, bir anda ağzımdan çıkıvermişti. Çünkü beklemiyordum ondan bunu. İlk ben söyleyecektim, doğru anı bekliyordum. Ama ben söylemeden ondan duyunca, yönümü şaşırdım, ayarım bozuldu adeta, ben de diyemedim. Teşekkür ettim."

"Ah çocuk bakışlı ah, yaptığın çok büyük bir ayıp. Peki sen teşekkür ederim dediğinde o ne dedi?"

"Çok şaşırdı, anlamsız anlamsız yüzüme bakıp, senin burada ben de seni seviyorum demen gerekiyordu dedi ve gitti."

"Yüzüne bir tokat atmadı mı?"

"Yoo... Atması mı gerekiyordu?"

"Kardeşim sen kesinlikle git onunla evlen. Böyle bir cevaba karşılık tokat atmamışsa çok anlayışlı biridir ve kolay değildir böyle anlayışlı birini bulmak. Çok yanlış yapmışsın be kardeşim. Kadınlar bizlere odun falan diyor ya hani, işte bazen bunu hak etmediğimizi düşünüyordum ama şimdi emin oldum, kesinlikle bizler bazen çok odunuz."

"Abi ne olur sen de üzerime gelme. Zaten canım çok sıkkın."

"Bak çocuk bakışlı, böyle anlarda teşekkür edilmez."

"Peki ne yapılır?"

"Eğer sen de onu seviyorsan, ya sarılırsın, ya gülümsersin, ya başını ellerinin arasına alıp onu öpersin, ya da sen de sevdiğini söylersin. Hiçbir şey yapamıyorsan saçma bir cevap yerine sessiz kalmayı tercih etseydin. Sessiz kalmak bile aslında bir cevaptır, anlayana. Ama şimdi o sandığı kadar sevilmediğine inanmış olabilir. Kendince bir şeyler hayal etmiştir o an için. Ve sen o anın büyüsünü bozdun. Çok kırılmıştır, belki de ağlamıştır. Teşekkür ederim de ne demek? Aklıma geldikçe sana kızıyorum çocuk bakışlı."

"Ne yapmamı tavsiye edersin, nasıl onun gönlünü alırım?"

"Tekrar görüş onunla, ama bu defa sıradan olmasın. Öyle şeylere yap ki onun senin kalbinde özel bir yere sahip olduğunu anlasın, sakın basit olma. Eğer onu çok seviyorsan ve hep yanında olmasını istiyorsan, duygularını ifade et. Hiçbir şey yapamıyorsan, karşısına geçip kapat gözlerini ve elini uzat. Bir şey deneyeceğim deyip, bir anda o küçük parmağına yüzüğü tak. Ne kadar ciddi olduğunu bu şekilde anlar. Kesinlikle anlar, küçük sürprizler çok önemlidir aşkta, bunu dene çocuk bakışlı. Eğer o da seni dediği gibi çok seviyorsa, hiç şüpheye kapılma sarılır sana. Akıllı ol çocuk bakışlı. Öyle herkese güvenemezsin. Ve öyle herkes de seni seviyoruma karşılık teşekkür ettiğinde sessizce çekip gitmez. Değerini bil ve toparlan tekrar ona git. Bu defa çok daha güzel haberlerle gel bana."

Hediye Gibi Geldin

Sonra sen çıktın karşıma, tekrar yaşanacak bir yer oldu bu değersiz dünya.

Ve ben seninle tekrar nefes almaya başladım, yeniden, sen benim en değerli bir parçamsın. Seninle karşılaşmamın mutluluğa bir işaret olduğunu gülüşünden anlamıştım. Hayallerimden daha muhteşem bir güzelliği saklıyorsun yüzünde ve sen gülümsedikçe kırılan kalbimdeki yaralar biraz daha kapanmaya başlıyor. Kalbine sığındığın birini kaybetmek adeta ruhu kaybetmekle eşdeğerdir. Herkes gitsin ama sen gitme, herkes uzak olsun ama yakın olan yalnızca sen ol. Sevdiğin insanla yaşamak geri kalan hiç kimseye muhtaç olmamaktır. Benimle yaşa, aşk uzun bir yolsa eğer, benimle yürü. Ayrılık ağlatan bir işkenceyse eğer biz hep gülümseyelim.

Onları Sevin

Sizi seven insanları kaybetmeyin...

Gülümsemenizi sağlayan insanlara gülümseyin.

Size kendinizi iyi hissettirenlerin omzuna başınızı yaslayın.

Üzgün olduğunuzu dile getirdiğinizde, soluğu yanınızda alanlara sarılın.

Anlattığında kırılacağınızı bildiği için, kendi mutsuzluklarını saklayanlara çok değer verin.

Her şeye rağmen başınızı çevirdiğinizde yanınızda olduğunu gördüğünüz insanların elinden tutun. Varlığıyla size güven verenleri sahiplenin.

Çünkü yok denilecek kadar az kaldı onlardan...

Buna Değersin

Birlikte yürüdünüz, elleriniz birbirine değdi, ilk dokunuşun verdiği o tatlı heyecan kalbini ısıttı. Duygusal bir şarkıda birbirinize daha çok bağlandınız. Yürüdüğünüz yolun hiç bitmesini istemediniz, utandınız, aptal âşık gibi görünmemek için içinizdeki kelebeklerin uçmasına o an engel oldunuz, mutluluk tamamen sizinleydi, kalbinizin daha önce bu denli hızlı çarpmasına şahit olmamıştınız, çok korktuğunuz aşkın, aslında korkulacak bir yanı olmadığını anladınız.

Çünkü yanınızdaki doğru insandı, bu yüzden aşkta size karşı masumdu ve aşk en çok yanında çocuklaşabildiğin insana yakışırdı. Doğru insanı bulmak, sadece onu çok sevdirmekle kalmayıp hayatı da sevdirdi... Ve yaşadığınız hayatın bir anlamı oldu...

Beklemek, zamanın kollarına bırakmak gerek bazı şeyleri, eğer hak ediyorsan elbet yanında çocuklaşabileceğin insanı hayat çıkarır karşına.

Çünkü sen buna değersin...

Hayat Acıyı Sever

Doğarsın, yaşarsın, ölürsün...

Kimsesizler mezarlığına gömülmek mi istersin. Yoksa hep hatırlanmak mı?

Bunlara sen karar verebilirsin. Kendini sev, değer ver... Az insan olsun hayatında, kalabalığı tercih etme. İnsanlar aslında anlattıkları kadar nankör değiller, gerçekten karşısındaki insanı hiçbir çıkar beslemeden sevebilecek kalpler var bu hayatta, onlarla tanışmanın yolu yine kendinden geçer. Sen ne kadar çok insanları seversen, üzüldüklerinde yanında olursan, hiç yargılamadan onları dinlersen, vakti geldiğinde seni de çok severler. Adını iyi anlarlar... Kim istemez ki, ölüm yıldönümünde toprağına güzel kokulu çiçekler konulmasını kim istemez ki... Keşke o da burada olsaydı diye kendinden bahsedilmesini. Ya da kim ister ki, ardında onun için gözyaşı dökebilecek hiç kimselerin olmamasını... Kim ister ki, birilerinin mutluluğuna neden olmak yerine üzüntülerine sebep olmayı... Hayat acıyı sever, evet, yaşadığın ve yaşayacağın üzüntülere aldırma, iyi insanlar bir gün mutlaka kazanır unutma. Mutsuzluğa ağladığı gibi, acılara da gülümsemeyi bilmelisin.

İyi İnsanlar Elbet Bir Gün Gülümser

Biliyorum çok şey yaşadın. Ve eminim bazen üstesinden gelemeyecekmiş gibi hissediyorsun. Bazen başını alıp kimsenin seni bulamayacağı bir yerde kaybolmak istiyorsun. Bazen sanki herkes çok mutlu, üzgün olan yalnızca senmişsin gibi akıp gidiyor zaman. Bu yüzden yaşamak da pek anlam ifade etmiyor senin için. Oysa hayat çok güzel... Şu an yaşıyor olman bile bir ayrıcalık. Yum gözlerini ve sana nelerin iyi geldiğini, kimlerin kırdığını, ağlattığını, yarı yolda bıraktığını düşün, onlar verdiğin değeri hak etmemiş olabilirler. Bu durum sadece üzülmeni gerektirmez ki. Farkında değil misin, başarması en güç olan şeylerden birini başardın! Sen sevdin! Tertemiz bir aşk büyüttün içinde, yalanlardan uzak yeni bir dünya kurmayı becerdin hayalinde. Sen bazılarının yokluğunu dahi çok sevdin. Bırak giden gitsin. Bırak senden uzakta yaşamak isteyenlerin ne hali varsa görsün. Onlar belki de birileri tarafından asla bu kadar çok sevilmeyecek. Belki de onların varlığı asla birileri için hiçbir anlam ifade etmeyecek. Sakın kaybettiğini düşünme. Sevmeyi başaran insanlar mutlaka kazanır. Belki bugün belki yarın belki de yıllar sonra, ama inanıyorum bir gün hiç beklemediğin bir anda biri kalbinin kapılarını çalacak. Bir gün biri gelecek kırıldığın yerlerinden seni saracak. Bir gün biri gelecek düşlediğin mutluluğun çok daha ötesinde güzel bir dünya sunacak dizlerine... Karşılık beklemeden sevmeyi başaranları hayat bir gün hak ettiği gibi mükâfatlandırır. Buna sen de inan. Yaşanması gerekiyordu ve yaşandı, kaderimizde acının kollarında boğulmak da yazılıymış... Hem unutma, güçlü insanlar zorluklarla sınanırmış. Geçemeyeceğine inandırma kendini. Geçer her şey gibi, geçer akıp giden zaman gibi, geçer durduramadığımız yıllar gibi, geçer bir gün geçemeyeceğine inandığımız yaralar. Şimdi yapman gereken tek şey, sevmekten asla vazgeçmemek. Umudunu yitirmemek. Güneşin bir gün senin içinde doğacağına inan. Ama her şeyden önce Yaradan'a sığın. Acıyı veren de o, mutluluğu yaşatan da. Unutma, Rabb'inle konuşmanın yolu dualardan geçer. İyi insanlar elbet bir gün gülümser.

Bu da Böyle Sürsün

Biz en iyisi birbirimizi çok sevmeyelim. Çünkü bağlandıkça aşk uzak oluyor. Kimi çok sevdiysek hep gitti. Ve zaten vaktinde çok sevdiğimiz insanlar bizleri terk etmiş olmasaydı şu an iki yabancıydık seninle. Biz çok sevmeyelim. Ne yaparsak yapalım yarım kalsın, mesela sinemada film izlerken birbirimize bakıp gülümseyelim ama dudaklarımız değmesin birbirine. Dolaşırken sağanak bir yağmura yakalandığımızda yan yana yürüyelim ama ellerimiz buluşmasın. Bir kez tutarsam ellerinden bir daha bırakamam. Biz asla birbirimizi çok sevmeyelim. Hep yanımda kal, özlersem aşka kapılırım... Alışkanlıklarımız olsun, mesela saatlerce şarkılar dinleyelim, kitaplar okuyalım, ama birbirimizi çok sevmeyelim. Sevişmeyelim de, çünkü tenine değersem sahiplenirim. Ve bir gün gidersen ayrılığın üstesinden gelemeyebilirim. Bazı hikâyelerin adı konmamalı. Adı konunca yarım kalır aşk.

Ne bitmesini istiyorum ne de onsuz yapamam demeyi. Çünkü korkuyorum, hayat acımasız, aşk sandığımız kadar masum değil. Sana ömür dersem bir gün giderek beni öldürürsün.

O yüzden bırak bu hikâye de böyle sürsün.

Aşka İnandırmak

Hayattaki en zor şeylerden biri de
Bitmez dediği o dev aşktan eser kalmadığına şahit olan bir kadını
Yeniden aşka inandırmaktır...

Çünkü, zaten o kadın ona söyleyeceklerinin çoğunu başkalarından duymuştur. Çünkü zaten aşk artık onun gözünde özelliğini yitirip sıradanlaşmıştır. Bir kadını ikinci kez aşka inandırmak samanlıkta iğne aramak kadar çok zordur. Bazen imkânsız bile gelebilir. Ben gitmem, ben severim, üzmem, kırmam, yaralamam, ağlatmam gibi sözleri kulağı daha önce çok işitti ve hepsini birer birer yaşadı. Ona aşkı anlatma. Diğerlerinden farklı olduğunu göster. Güvenilecek bir adam olduğunu ispat et. Kadınlar asla kendilerinden güçsüz bir adamı sevmek istemez. Güçlü ol. Öyle güçlü ol ki, aradığını sende bulduğuna inansın. Ona, "İkimize de terk etmenin ne demek olduğunu unutturacak kadar seni çok sevebilirim..." diye fısılda. Ve söylediğin sözlerin arkasında dur. Aşkın çiğnendiğine şahit olan bir kadını yeniden aşka inandırmak, zifiri karanlıkta gideceğin yönü bulmak kadar zordur. Ona ışık ol. Işık ol ki, aşka giden yolda birlikte yürüyebilesiniz...

Sen sadece mutlu olmak istersin ama
Birileri hayatına girer ve sana ait olan ne varsa alıp götürür...
Aklın, kalbin, hayallerin gibi...

Sigara sağlığa insanlar kadar zararlı değildir, içebilirsiniz...

Çünkü onun sesi en sevdiğim şarkıyı dinliyormuşum gibi huzur veriyordu.

Artık Düşünmeyeceğim

Düşündüm de ne gerek var ki seni sevmeye, acıdan başka ne yaşattın ki kalbime? Düşündüm de seninle hiç gülümseyemedim ben, o halde ne gerek var ki, seni hayallerimde başrol oynatmaya? Düşündüm de ne gerek var ki, geçmeyeceğini bildiğin halde istasyonda vapur beklemeye? Başkasına aitken seni beklemek aynen öyle saçma ve bir o kadar da gereksiz. Düşündüm de ne gerek var ki kuytu köşelerde sessizce rimelime bulaşan gözyaşlarıyla yüzümü mahvetmeye? Ağlamayacağım, ağlamayacağım, hayır bu son artık, uğruna ağlamayacağım. Düşündüm de sevgi bu denli kutsalken ve yaşamak bu kadar güzelken ne gerek var ki onu seninle kirletmeye? Artık sevmeyeceğim. Düşündüm de seni bu kadar çok düşünmek bile kendime haksızlık. Vazgeçtim artık düşünmeyeceğim...

Her Gelen Gideni Aratmaz

Ben seninle tesadüfen tanıştığımıza inanmıyorum, hayatıma girişin sıradan bir olay değildi. Belki de bana gönderilmiş bir melektin, belki de yaptığım herhangi bir hatanın bedeli. Her neyse ne işte, hayatımı mahvetmek için bana geldiysen gururla söylüyorum, aşk bitse de hayatıma anlam katmıştın gelişinle. İhaneti ardında sakladığını görmeden sevdim evet ama sitem etmeyeceğim ben. Acın ne kadar büyük olursa olsun hayatın önümüze sundukları zamanla unutturur acıyı, yeni bir aşka bulaşabilir kalbim, başka kokulara karışabilirim, yeni heyecanlar tadabilirim, belki her seferinde tekrar tekrar yine acır kalbim. Bunu çok da fazla önemsemiyorum, sırf bana aşkı öğrettiğin için hayatıma giren herkesi sevebilirim, her seferinde üç yanlış bir doğruyu götürecek değil ya, belki de daha önceki yanlışlarım bana bir doğruyu getirir. Ne yaşatırsan yaşat. Ne kadar ateş olup yakarsan yak. Ne kadar okyanusta fırtınaya kapılan bir tekne gibi savrulsam da, zamanla bu acıyı da unutacağıma inanıyorum. Bu yüzden kızmayacağım sana. Bitmiş olabilir, bazı filmlerde başrol ölse de yerini biri doldurabilir, biliyorum bir gün biri çıkacak karşıma ve ben gittiğin için minnettar kalacağım sana. Her gelen gideni aratmaz unutma...

Eğer, bazen öfkelenirsen, bir şeylere kızıp kendini üzersen... lütfen bu kitabı eline al ve bu sayfayı oku.

Sorun AŞK ise...

Öncelikle sakin ol.

Bir çay demle, ya da kahve al, veya soğuk bir şeyler.

Ama ben sana sıcak çay içmeni tavsiye ederim. Malum havalar soğuk.

İlk olarak sana şunu söyleyeyim, canını sıkma sakın, hiç kimse senden değerli değil çünkü.

Hayatındaki insanın tamamen seninle olamayacağı ihtimalini de düşün, körkütük âşık olma, çünkü insanlar değişir, her şey değişir. Çok sevdin ve onunla hep mutlu olmayı diledin, belki hiç aşka başlayamadınız, belki de başlayıp yürütemediniz bunu hiç istemediğin halde, ama böyle olmasını neden sadece kötüye yorumluyorsun ki, başkalarının gelmesi için bazılarının gitmesi gerekmez mi? Neden hayatına başkalarının da girebileceğini düşünmüyorsun?

Âşık olmak senin elinde değil ki, kalbin birini görür, onda mutluluğun saklandığını hisseder ve onu sever. Gecelerce ağlaman, saatlerce kendini üzmen senden başka kime eziyet olur ki?

Bu kadar mı değersiz görüyorsun kendini? Daha önce de hayatına birileri girdi, yine aynı şey oldu değil mi ama bu hep böyle de devam edeceği anlamına gelmez ki. Sen sadece kalbinin kendisine yakın hissettiği insanlara çabuk alışıyorsun hepsi bu. Sen bir kuşun kanatları kadar hassas olduğun için en küçük sorunları içinde gökdelen misali büyütüyorsun. Bak ben mesela senin gibi biri olsun isterdim hayatımda, çünkü değmeyen biri için gizli gizli yastığının altında gözyaşı döken insanlar masumdur ve masum olan insan samimidir. Sen gizli gizli çok ağladın biliyorum, en çok da geceleri ağladın, hele o duygusal şarkılar yok mu mahvetti seni değil mi?

Biliyorum işte, öyle oldu. Ama bak pek dikkat etmedin ama az önce sana gizli gizli ağladın dedim. Bu ne demek bu yani diye sorarsan eğer söyleyeyim güzel çocuk şu demek:

Gizli gizli ağladın, için içine sığmadı, çok kötü şeyler düşündün, sana iyi gelmeyen ne varsa yapmak istedin, herkesten nefret ettin. Acılarla baş başa kaldığına küfrettin biliyorum... Peki yanında kim vardı? Ağlarken sana kimler eşlik etti? O mutluyken attığın kahkahalara ortak olan insanlar, ağladığında yanında mıydılar? Hayır. Avunmak istediğin zaman o çok sadık dediğin arkadaşlarının omzunu buldun mu başucunda? Hayır. İşte görüyorsun hayat adaletsizdir güzel çocuk, bu ağlamalar hep boşa. Rahatlamak mı istiyorsun? O zaman hatıraları toplayıp çöpe at, ya da fotoğrafları yak, birkaç eşyayı kır, söv, say ama kendini çok üzme, ağlama. Hiçbir şey yapamıyorsan, bizleri, kitapları oku. İnsanlar isterlerse kitaplarla konuşabilir. Kitaplar insana dokunabilir, sen istersen eğer kitaplar sana sarılırcasına kendini iyi hissettirir. Mesela ben şu an sana sarılmak isterdim. Yeni doğmuş masum bir çocuğu koklar gibi gözlerini kapa ve sayfalarımın kokusunu içine çek. Çünkü kokum sana huzur verir, benim gibi toprak kokusu da huzur verir, bu yüzden pencerende çiçekler büyüt. Onlarla da konuşabilirsin, seni dinlerler... Ve şimdi sen beni dinle... Asla sana iyi gelmeyenlere gülümseme, seni ağlatanlar için üzülme. Konu "sevgiliyse" eğer, ne olur boş ver...

Biraz daha konuşmak istiyorum seninle, ama eğer sıkıldıysan, bir kitapla konuşmak sana aptalca geliyorsa, sayfalarımı çevir, beni görmezden gel. Hayır diyorsan, hadi kalk bir çay daha koy, bu soğudu biraz, çay sıcakken içilmeli.

Sorun çevrendeki insanlarsa eğer...

İçimden geldiği gibi, olabildiğince samimi konuşacağım sana, kendini iyi hissetmen için söz pembe yalanlara sığınmayacağım.

Biliyor musun?

Bazı insanlar dostları için sahiden de fedakârlık yapmaktan çekinmezler. En pasif, en güçsüz, en durgun, en sessiz insanlar, konu dostlarıysa ve birilerinin karşısında durmaları gerekirse işte onlar aslan kesilirler. Kötü olduğunda sen demeden onlar neredesin diye sorarlar. Ve öyle çok alıngan da değillerdir, kıskanacakları şeyler bile aslında çok anlam yüklülerdir. Mesela senin için önemli olan bir konuyu başkasına anlattığında ve o bunu duyduğunda kıskanır, "Acaba güvenini sarsacak ne yaptım da bunu benimle paylaşmak istemedi?" diye düşünecek kadar temiz kalbe sahiplerdir...

Ama bu tür dostlar bizim çevremizde yoktur. Yanımızdakilerin ağzından çıkan her söz laf kalabalığıdır, icraat gerekince yalnız kalırsın. Sana tavsiyem parmaklarının sayısını geçmeyecek kadar arkadaş edin. Çevrendeki insanlara güvenin yoksa, samimiyetini yavaş yavaş kesmeye başla, şimdi değilse bile ileride başını ağrıtabilirler. Yalnızlıktan da sakın korkma, bak ben de yalnızım, yanımda hiç arkadaş edinebileceğim bir kitap yok. Ama belki sen bir iyilik yapıp kitaplığında saklarsın beni... Ve ben orada arkadaş edinirim... İnsanlar menfaatleri uğruna aklına gelebilecek her şeyi yaparlar, zarar göreceğini bilseler de, kendi çıkarları için arkandan kuyunu kazarlar ve bunu o kuyuda çırpınırken anlarsın. Ama iş işten çoktan geçmiş olur.

Yanındakiler hal hatır sormak için değil de işi düştükleri için arıyorlarsa vazgeç, canını sıkan kurtulman gereken bir sorunun varsa bunu onlarla paylaştığında, birlikte çözüm aramak yerine boş ver diyorlarsa vazgeç. Senin için ellerini taşın altına koymaya çekiniyorlarsa vazgeç, yine bize gel.

Sayfalarımızdaki kelimelere sığın, ya da bir not defteri al sen de bir şeyler karala ve o defterini benim yanımda sakla. Biz onunla dost oluruz. Demem o ki şu an yanında olan arkadaşlarının büyük çoğunluğu yıllar sonra adını hatırlamayacak kadar sana uzak olacaklar. Aslında bunu sen de biliyorsun, çünkü daha önce de dostum dediklerin oldu ve onlar şimdi yoklar. Olur ya yıllar sonra yine yanında hâlâ dostum dediklerinden birkaç kişi kalırsa, işte onlara sarıl, onlar hep seninle olur. İyi dostları olmalı insanın, hiçbir çıkarı olmadan yanında duracak kadar iyi dostları olmalı insanın.

Bak işte konuşabiliyoruz seninle ve anlaşabiliyoruz da... Eğer devam etmek istersen, bir çay daha içelim mi? Hadi kalk ve bir çay daha koy.

Seni aşağıdaki kelimelerde bekliyorum.

Sorun ailense eğer... Asla sırtını dönme!

Olabilir, ailenle anlaşamazsın, sana kurallar koyarlar. Hep bir sınırlama vardır.

Üstüne çok geldiklerini düşünürsün, bazen öyle çok tartışırsınız ki, bambaşka bir şehre kaçmak istersin. Çünkü sana çok karışılmasından nefret edersin. İstediğin gibi yaşamak istersin. Aklından geçen şeyler onlar için yanlış olsa da yapmak istersin. Arkadaşlarına da özenirsin, onların aile yaşantılarına imrenirsin, sahip olmak istediklerine onlar çoktan sahip olmuştur. Güzel bir cep telefonu, kıyafet, pahalı bir ayakkabı, tüm üstün özelliklere sahip laptop, fotoğraf makinesi falan filan... Çevrendekilerin bazıları bunlara hep sahiplerdir. Sen de istersin, ailenin bunları sağlayacağı durumunun olmaması seni üzer. Ama yine de istersin. Sana şu kişiyle görüşmeni istemiyorum derler, kızarsın ve o arkadaşını övmeye başlarsın. Çevrene karışmaları seni düşündükleri içindir, bunu anlamadan kızarsın işte...

Ama unuttuğun bir şey vardır. Sen hâlâ onların küçük çocuğusun. Ne kadar, büyüdüm artık, kendi kararlarımı verebilirim diye haykırsan da, kabul et sen onların küçük çocuğusun. Bunu duymak hoşuna gitmez. Genç biri olmuşsundur. Eğriyi doğruyu ayırt edebilecek yaşa çoktan bastığını düşünürsün değil mi? Düşünürsün elbet. Fakat ailen için hiç de öyle değildir... Kusura bakma güzel çocuk, burada ailene hak vereceğim. Devam etmek istersen oku. Ama, hayır, özel hayatıma çok giriyorsun dersen sayfalarımı çevir, ben seni burada beklerim. Nasılsa pişman olduğunda geleceksin bana.

Hayattaki en güzel şeylerden biri de ailenle sohbet etmektir, onlarla şakalaşmaktır.

Ve sana en çok huzur veren yer annenin kucağı, en çok güven veren yer ise babanın omzudur... Bu asla değişmeyecek.

Hangi anne baba çocuğunun gülümsemesini, çok güzel bir geleceğinin olmasını istemez ki?

Eğer şu an annen baban çalışıyorlarsa bunu en çok da senin için yapıyorlardır. İstediklerine yok dememek için çabalıyorlardır. Lakin hayat şartları bunları sağlamalarına engel oluyorsa, asla onları suçlayamazsın. Senin yüzlerine gülümsemen, onlara sarılman ömürlerine ömür katar. Bir gün bunu çok daha iyi anlayacaksın, biliyorum.

Olur ya onlarla tartıştığın zaman yanaklarına bir tokat çarpar, karşı koymamak için dişlerini kırarcasına sıkarsın, o an öfken gökyüzüne sığamayacak kadar büyür içinde... Aslında bunun için bile darılabilirim sana. Anne babaya öfkelenmek de neyin nesi? Neyse, oradan çekip gidersin, belki soluğu sokakta alırsın, belki de odanda. Sen onlara öfke beslerken attığı tokat için kendisinden nefret eder annen veyahut baban... Sen yüzlerini görmek istemezken onlar bir anlık öfkeyle sana vurdukları için affetmezler kendilerini... Olabilir bunlar hayatın gerçekleridir, kimsenin ama hiç kimsenin düzeni mükemmel değildir, o imrendiğin hayatlardan bazılarının ne kadar bombok olduğunu bilsen, şu anki haline defalarca şükredersin, hiçbir şey dışarıdan göründüğü gibi değildir... Ailene asla sırtını dönme, bunu düşünme... Çünkü biliyorum pişman olursun... Ailenden uzak bir hayat yaşamayı tercih ettiğinde evet küçük bir ihtimal belki de istediğin gibi olacak her şey. Dilediğin gibi yaşayacaksın, uyman gereken kurallar yok, baskı yok, sabah erken kaldıran, gece uyu artık diyen yok, yasak yok. Kulağa hoş geliyor değil mi? Diyelim ki güzel bir işin de oldu. Ailene sırt çevirip imrendiğin hayatı yaşamaktan mutluluk duyacaksın.

Ama güzel çocuk hiç mi için acımayacak, sokakta anne babasının elinden tutan birini gördüğünde, hiç mi için acımayacak? Arkadaşlarınla geç saatlere kadar oturduğunuzda, birinin telefonu çalıp da "Tamam anne geliyorum..." dediğinde hiç mi için acımayacak güzel çocuk? Hiç mi geceleri başını yastığa koyduğunda anneni düşünmeyeceksin, çekip gittiğin için her gece ağladığını bilmezlikten gelip hâlâ gülümseyebilecek misin? Senin şikâyet ettiğin kurallar, ileride daha güzel bir hayat kurman için konuldular. Senin şikâyet ettiğin hayata muhtaç olanları görmezden gelme. O yaşamak istediğin hayat anne kucağı kadar mutlu edemez seni. Ne kötülüğü yaparsan yap, ne kadar kızarsan kız, ne kadar acı çektirirsen çektir sana sırt çevirmeyen bir ailen var.

Hatta tüm bunları boş ver, bir ailen olduğu için bile sevinmelisin. Kucağından yoksun diye, annelerinin mezarlarında ısınabilmek için uyuyanları duymadın mı hiç sen? Sana bahsetmediler mi? Sokak çocuklarının sığınabileceği bir ailesi olmadığı için, kaldırımlarda uyuduklarını bilmiyor musun? O genç kızların babalarının kanatlarından yoksun oldukları için, bar köşelerinde sabahladıklarını... Emin ol onlar bu hayatı tercih etmediler, eğer beni anlamıyorsan, o halde sokakta yaşayanlara ben aileme sırt çevirip buraya geldim de. Onlar sana en büyük yanlışı yaptığını, seni nelerin beklediğini söyler...

İstersen ailene darıl, küs, ama aynı çatı altında kal... Onlara asla sırt çevirme...

Biliyorum ki en çok da onların üzerini toprak örtünce, anlarsın değerlerini... Hâlâ sana kucak açtıklarını bildiğin için, gülümse, gülümse güzel çocuk...

Hep onlarla birlikte gülümse...

Ve lütfen beni kitaplığının en güzel köşesinde sakla, okuduktan sonra bir köşeye atıp görmezlikten gelme. Hem havalar da çok soğuk, yalnız üşürüm ki ben...

Biri Lazım

Biri lazım bana, şöyle bu yalnızlık sana fazla deyip ellerimden tutabilecek biri. Sabahları alarm sesiyle değil, yanıma sokulup kahvaltı hazır diyen bir sesle uyanmak istiyorum artık. Biri lazım bana, geçmişimi sorgulamadan temiz bir sayfa açalım diyen biri olmalı mesela. Çok büyük beklentilerim de yok, kokusu huzur versin yeter... Ya da ben ağlarken, susmamı söylemek yerine gözyaşlarımı kendi parmakları silsin. Hayat gerçekten de çok kısa, aylar haftalar kadar, haftalarsa günler kadar kısa geçmeye başladı. Artık biri olmalı yanımda, gerektiğinde çocuklaşabilecek kadar masum, gerektiğinde bakışlarıyla ne demek istediğini anlatabilecek kadar güçlü olmalı. Çok şey istediğimi sanmıyorum. Güneşin doğuşuna kadar uyuyuşunu sıkılmadan izleyebileceğim biri uğrasın hayatıma. Bizim diye sahiplendiğimiz şarkıyı her duyduğumuzda o an nerede olursak olalım bana sarılıp dudaklarımın kıyısından öpmeli mesela, bazen gerektiğinde bir dost gerektiğinde bir anne baba olacağının bilincinde olmalı. Umursamaz tavırlardan sakınmalı, sakınmalı ki ona güvenmem konusunda beni şüpheye düşürmemeli. Biri lazım bana, kucağımızda bize benzeyen küçük bir meleği izlemeyi benim kadar çok isteyen biri kıskandıracaksa da beni hayalini kurduğumuz meleğimizle kıskandırsın... Bu onu daha çok sevmemi sağlar. Biri gelsin bana, yoruldum artık acılarla baş başa kalmaktan... Mutlu olmak istiyorum, o beni mutlu etmek için bir adım atsın ben ona koşmasını bilirim. Biri lazım bana, hayatın anlamını sorduklarında parmaklarımla onu işaret etmemi sağlayacak kadar güzel gülümsemeli yüzüme.

Tut Ellerimden

Sahi biliyor musun?

Bu kısa hayatta tüm herkesin türlü türlü küçük bahanelere sığınıp sıcak bir eli tutmaya, sevdiği birine sarılmaya kesinlikle çok ihtiyacı vardır ve benim bahanem çok üşüyor olmam, tut ellerimden.

Unut Diyorsun Ama...

Biliyor musun?

Tüm şarkılar seninle dinlememiz için söylendi, yollar seninle yürümemiz için yapıldı.

Bu soğuk aylar seninle ısınmamız için varlar, bazı manzaralar orada yoksun diye çok mükemmel değiller ve geceler seni daha çok sevebilmem için uzun geçer.

Bu şehri, ayrı olsak da aynı yağmurda seninle ıslandığımız için seviyorum.

Unut diyorsun, ama bilmiyorsun. Unutursam herhangi biri olacağını, güvenle yaslanabileceğin en güzel omzu kaybedeceğini, unut diyorsun ama bilmiyorsun unutursam sıradanlaşacağını.

Değerinin Farkına Var

Yapabileceğin onca güzellikler varken, hayatını mahvetmek için tek bir neden bulursun ve bu tercihin yüzünden hayatın acımasız olduğunu söylersin ama fark etmediğin bir şey vardır, asıl acımasız olan hayat değil bizleriz. Kalbine mutsuzluğu yaşatmaya hakkın yok. Ona güzel şeyler ver. Hiçbir şey yapamıyorsan çiçekleri sev, sokak köpeklerinin başını okşa. Çayın yanında Sezen Aksu dinle. Çocukların yanağından makas ol, kitaplara sığın...

Asıl mutluluk, karşılık beklemeden sevmektir... Sadece masumca sevebilmek...

Ve ayrılırsın...

İlk olarak yokluğuna alışmaya çalışırsın, ama beceremezsin.

Korkma sakın! İlk haftalar uykun kaçacak, güçlüysen şayet atlatırsın, tabii sürünerek!

Sakın sokağa çıkma ya da sinemada duygusal film izleme, yarana tuz basarsın...

Ve sanki sana inat etrafında birbirlerine sarılmaktan elleri terleyen insanları görürsün, günde yarım paket sigarayla zehirliyorsan kendini korkma sakın ama artık birkaç paketi tüketeceksin! Telefonuna yüklediğin duygusal şarkılar senin için söylenmiş gibi çalar.

Yastığının yanında uyumayı da düşünme! rüyalarını esir almış ve seni daha çok bok etmek için duruyor orada! Sokaklar gözlerinin gördüğü yeni kâbuslar...

Kaldırım taşlarının dili olsa da konuşsa değil mi? Oysa aşka dair ne kadar çok sözler sunmuştunuz birbirinize, ayrılık kolaydır da ayrılığa alışmak bazen zaman alır, bazen hayatını! Ve sonra tebessüm ederek sorarlar nasılsın diye...

Saklarsın ayrılığı yüzüne gülümseyen bir maske takıp...

İyiyim dersin, sadece iyiyim işte, içindeki iç çekişler kalbini becerir!

Fısıldamaya başlarsın:
İyi değilim, hem de hiç! O gittiğinden bugüne dek
yaşamın aslında hiçbir anlamı olmadığını gördüm.
Ayrılığın kahpe yüzüyle tanıştım!
Aşkın somurtan yanıyla merhabalaştım!
İyi değilim; enkaz altındayım nefes alamıyorum!
Tutunabileceğim elden mahrum bırakıldım!
İyi değilim! Geceleri uyuyamıyorum
gülebilmek en zor yapabildiğim şey!
Gittiği andan beri teselli etmiyor hiçbir şey!
Onun gibi gülümseyen her insana sarılmak istiyorum.
Avutun beni! Hayatın acıtan yanından kurtarın bedenimi.
İyi değilim ölüyorum anlayın artık beni!
İyi değilim; gözlerinize bakarak her geçen gün terk edilmenin
peydahladığı intihara doğru yürüyorum! İyi değilim, adını sayıklayarak uyuyorum.

İyi değilim; onu dilerken geceleri hiç düşmüyorum düşlerine!
İyi değilim işte hem de hiç iyi değilim, peki ya sizler, sizler nasılsınız?

Gülümsemek Hâlâ Bedava

Kimse isteyerek yalnız kalmaz.

Kimse bile bile herkese her şeye sırt çevirip, yalnız yaşlanmak için kabuğuna çekilmez. Sadece bazıları buna mecbur bırakır, çünkü sevginin saflığına inanırsın. Birini sevince sevilmek de istersin, umduğun gibi sevilmesen de, sevmesin ama canımı da çok yakmasın dersin. Sevilmesen de arada bir göreyim, sesini duyayım bu bana yeter dersin. Oysa o, bunları yapmak yerine, kaçıp durur. Ne kadar kaçarsa o kadar çok arzulamaya başlarsın. Bunu alışkanlık haline getirirsin, sesiyle yetinebileceğin insan, gün gelir yüzüne küfreder. Bundan dahi şikâyet etmezsin... Yapacak hiçbir şey yoktur. Ona çıkan tüm yollar duvarlarla örülür, aşamazsın. Öyle çok bağlanırsın ki geceleri ahmakça ona sarılır gibi yastığına sarılırsın. Ona dokunur gibi hatıralara dokunursun, ama ne tuhaftır değil mi, kalan eşyalarına dokunurken kalbinin yanması? Ne tuhaftır değil mi, gülümseyen fotoğraflarına bakarken hâlâ heyecanlanmam... Ah sen ne kadar da güzel seviyorsun öyle. Bu kadar çok büyük bir aşk beslemenin karşılığını acı çekerek almaya devam edince, yorulursun... Ve artık yalnız kalmayı tercih edersin... Hiç kimseleri istemezsin hayatında... Bana dokunmayın da ne haliniz varsa görün dersin... Mutlulukla ödüllendirilmeyi dilerken, yalnızlıkla cezalandırılman hayatın adaletsiz olduğunu gösterir... Ama unutma bunca kötülüğün arasında güzel olan bir şey var, o da gülümsemek hâlâ bedava...

Fark Var

Topluma ayak uyduracak kadar değersiz değilim.
Tüm kurallara uyacak kadar sıradan değilim.
Değmeyenlere gözyaşı dökecek kadar çaresiz değilim.
Doğrularıma yanlış dediğiniz için
inançlarımdan vazgeçecek kadar ahmak değilim.
Başkaları için yaşayacak kadar da basit değilim.
Hep en çok kendini sevmek, kendin için yaşamak bencillikse
gururla söylüyorum tanıyabileceğiniz en bencil insan benim.

Tekrar Sevmek Diye Bir Şey Yok

İlişkinizde bir sorun vardır, sen sorun bende değil dersin. O da onda olmadığını söyler. Belki de asıl sorun yaptığın bazı yanlışları kabul etmeyişindir. Sonra sıkılmaya başlarsın, bitirmek istediğini söylemeye çekinirsin, ama bunu istediğini hissetmesi için elinden geleni yaparsın. Mesela beş on mesajından sonra tek kelimelik cevap atarsın. Aradığında açmazsın, görmek istediğinde işim var bahanesine sığınırsın. Çok uzun sürmez, sonuç istediğin gibi olur ve ayrılırsın, derin bir oh çekersin, maç sonrası yapılan duş gibi rahatladığına inanırsın... Zaman geçtikçe ortada aklına gelmesi için hiçbir sebep yokken, aklına gelir şaşırırsın ve haftalar sonra birdenbire canın sıkılmaya başlar, yaptığın hiçbir şeyden zevk almamaya başlarsın, içinde kocaman bir boşluk hissedersin, ilk olarak bunun ne olduğuna dair bir fikre varamazsın, sonra zaman geçtikçe yalnızlık hissetmeye başlarsın, duygusal şarkılara tutsak olursun ve anlarsın ki anlam veremediğin o koca boşluk aslında onun yokluğudur. Anlarsın bazı şeylerin değerinin farkına varmak için onu kaybetmenin gerektiğini... Ve gururu çiğneyip tekrar birlikte olalım dersin, ama tekrar sevmek diye bir şey yok, onun aslı attığımız sakızı alıp çiğneyelimdir.

Sonuç ne mi olur?

Elbette ki o sakızı yalnız çiğnersin... Çünkü yokluğuna alışmıştır.

Ağlarken yanında olmadığın, seni neden gülümserken istesin ki?

Hayallerde Yaşa

Sana dur demeye gücüm vardı aslında ama söylemedim, iyi de yaptım. Belki duymak istediğin sadece buydu. Belki de sana kal dememi bekliyordun bilmiyorum ama gitme deseydim eğer kalırdın. Ve sırf gitmeyi düşündüğün için seni artık çok sevemeyeceğimden korktum. Şimdi o son masum bakışlarını hatırlayıp daha çok seviyorum seni, ama gelme! Gelirsen sevemem. Gelirsen dokunamam sana. Lütfen sadece hayallerimde kal, böyle de seviyorum seni, tenine dokunmadan, sesinle uyanmadan, yine de çok seviyorum...

Ne özlüyorum, ne seviyorum, ne yapıyorum ben de bilmiyorum.

Ah şu duygusal şarkılar da olmasa.
Hepimiz bir parça mutlu insanlardık aslında!

Beni sev demiyorum, arada gülümse kafi.

Birazdan Gideceksin ya...

Birazdan gideceksin ya...
Evimin duvarlarını yeniden boyayacağım.
Sevdiğin hiçbir renkte eşyam da olmayacak artık...
Sırf seviyorsun diye bazı şarkıları dinlemeyeceğim.
Birlikte izlediğimiz filmleri de kırıp atacağım penceremden...

Birazdan gideceksin ya...
Ömrümün gidişini izleyeceğim perde aralığından gizli gizli.
Öyle derin içeceğim ki sigaramı, dumanı her üfleyişimde
biraz daha unutacağım yaşanmışlıkları.
Ve asla hoşça kala varmayacak dilim.
Seni sevdiğimi söylemeyeceğim.
Kahrolduğumu da göremeyeceksin.

Birazdan gideceksin ya...
Bir masal daha yarım kalacak.
Ben eksileceğim yavaş yavaş.
Kalan eşyalarını da eskiteceğim.
Duygusal bir parça eşlik edecek yalnızlığıma
tüm düzenim altüst olacak, ama sen beni mutlu hatırlayacaksın.
Bu yüzden çok canın da yanmayacak...
Hatta birkaç hafta sonra, beni tamamen tanımayacaksın.
Hiç sevişmemişiz gibi, kirpiklerinden öpmemişim gibi
parmaklarım saçlarına hiç bulaşmamış gibi
kokunun bana huzur verdiğini unutmuş gibi
hayatına kaldığın yerden devam edeceksin...

Birazdan gideceksin ya...
Şehrin tüm sokaklarına, caddelerine, kıyılarına söveceğim.
Sırf seninleyken mutlu olduğum o yerlerde yakacağım fotoğrafları.
Bir aşkın küllenip, kayboluşunu izleyeceğim...
Avuntular artık avutamayacak beni
avutulmamış bakışlarla karanlığa diz çökeceğim.
Unutturmalı bu şehir seni, hiç hatırlatmamalı caddeler
el ele dolaşan sevgililer ve acımasız geceler.

Gideceksin ya...
Hiçbir şey planladığım gibi olmayacak.
Ne ben seni unutabileceğim, ne de sen hatırlayacaksın.
En çok da buna sitem edeceğim.
Seni hâlâ unutamamam, benim en büyük cezam...

Sonra, terk edişine boyun eğdiğim için nefret edeceğim kendimden!
Bildiğim tüm küfürleri kusacağım yüzüme...
Seni ne kadar çok sevdiğimi yokluğunda anlamak
dedim ya benim en büyük cezam...

Dönmeyeceksin ya...
Ben de gideceğim artık bu şehirden.
Nerede yaşlanacağımın hiç önemi yok!
Beni asıl sensiz yaşlanmak çıldırtacak...
Dönüşü olmayan bir bileti saklayacağım cebimde
bavuluma sıkıştıracağım fotoğrafları.
Son kez dönüp bakacağım sığamadığım şehre
son kez bir sigara daha alevlendireceğim.
Yokluğuna değil, kendi ölüşüme içeceğim bu defa.

Gurur

Sürekli gidip gelen birini değil
birlikte olmak imkânsız olsa da
bir kez gidip asla dönmeyen gururlu birini sevmek isterdim.
Gurur, aşktan önce gelir, gelmeli...

Üşütüyorsun Beni

Benimle kal...

Hâlâ büyüyemedim çünkü. Ayrılığın iki yakamdan tutup hüzünlere itmesine izin verme.

Tenime dokunduğun, sarıldığın her gün daha çok bağlandım bu aşka. Ve sana kördüğümken şimdi bu gitmek neden... Hiç kimse alışkanlıklarından kolay kolay vazgeçemez, benim en büyük alışkanlığım seninle sessizliği sevmekti. Gidersen çığlıklar arasında adın yankılanır duvarlarda, büyümedim ben düşündüğün gibi olamaz asla, başka kokulara karışamaz tenim, başka aşklarda uyuyamaz kalbim. Yalnızca seni sevdim... Anla, yokluğun bir ömrün heba olmasına neden olabilir. Sahi ne kadar çok inandırdın kendini, uğrayacağın yeni aşklarda mutlu olacağına. Neler vaat ettiler ki sana, ayaklarınla yüreğimi çiğneyip buruşturulmuş kâğıt parçası gibi bir köşeye atarak bu soğuk mevsimde üşütüyorsun beni?

Benimle kal... Bu kadar çabuk olmamalı, ölüm ben ağlarken uğramamalı...

Yaralar Yaraladı...

Yalnızlık alıp götürüyor beni bu aralar hiç bilmediğim yerlere. Ne ben kimsenin umurundayım ne de kimse benim. Aslında bu duruma sevinmeliyim, çünkü mesela hayatımda kimsenin olmaması yara almayacağımı da göstermez mi? Şimdi diyeceksin ki her gelen yaralar mı? Yaralar, yaraladı. Kimde umduğunu buldun ki, hangisi düşlerindeki o saf mutluluğu yaşatabildi, kaçı sana kasıla kasıla anlattığı gibi diğerlerinden farklı olduğunu ispat edip sadık kalabildi? Farkında değil misin? Hayal kırıklıkların başından aşkın. Şikâyet etmek yerine yalnızlığı sev, çünkü insan en çok yalnızken dinler kalbinin sesini...

Cesaret

Ben kimsesiz değilim, sizler herhangi birisiniz...
Ben yalnız değilim, sizler çok kalabalıksınız.
Ben mutsuz değilim, sizler çok yalan tebessümlere sığınmışsınız.
Ben aptal değilim, sizler çok zeki olduğunuzu sanmışsınız.
Ve ben asla pişman değilim, hepinize sırt çevirdiğim için...

Biz Yalnızlar Çok Tatlıyız

Hani sizler şimdi çok mutlusunuz, tebessümler ediyorsunuz ya?

Bir gün biz yalnızları çok kıskanacaksınız, başınıza neler geleceğini bizler çok iyi biliyoruz.

Canım dediğiniz, canınızdan ettiğinde anlayacaksınız neden yalnızlığı tercih ettiğimizi...

Mesela, ayrılık size de dokunacak, bundan kaçamayacaksınız. Aptal aptal şarkılarda ağlayacaksınız. Okuduğunuz kitaplarda onu aramaya kalkışacaksınız, üzüleceksiniz. Kendinizi öyle boktan hissedeceksiniz ki, nefesim kesilse kimseler elimden tutmayacak diyecek hale geleceksiniz. Biz yalnızları kıskanacaksınız, çünkü bizler mutlu olabilmek için aşka ihtiyaç duymuyoruz ki. Başkalarının kollarında avutulmak istemiyoruz. Sizler akvaryumdaki o şaşkaloz balıkları izlemenin verdiği huzuru tadamayacaksınız, sokak köpeklerinin başını okşadığında kuyruğunu sallayınca size alıştığını görüp bu saf mutluluğu yaşamayacaksınız. O çok güvendiğiniz aşkınız size sırt çevirdiğinde, çevrenizdeki yalnızlığı tercih eden birine dert yanacaksınız. Çünkü bilirsiniz ki, sizi en iyi o anlar... o hep dinler.

O hep size yol gösterir... Bir gün biz yalnızları çok kıskanacaksınız... Sıcak bir çayın yanında içilen sigara ve geceye eşlik eden Sezen Aksu şarkılarındaki mutluluk dediğimizde anlamsız bakışlarınıza şahit olduk. Ama bir gün anlayacaksınız, mutluluğa giden yolun her defasında birilerine sarılmaktan geçmediğini... Bir gün anlayacaksınız, başkaları için yaşamanın hiçbir işe yaramadığını... Bir gün biz yalnızları çok kıskanacaksınız. Sevmediğiniz bir filmi sırf o sevdiği için izlemek zorunda kalacaksınız. Onun öyle rahat rahat beğendiğiniz kıyafetleri de giymenize izin vermeyecek kadar ahmak olduğunu görmezden geleceksiniz, bu da biraz canınızı sıkacak... bizleri kıskanacaksınız. Birilerine hesap vermek zorunda değiliz, ayaküstü hayatımıza uğrayan insanların özgürlüğümüzü kısıtlamalarına izin vermeyecek kadar, kendimize çok değer veriyoruz. Bizleri çok kıskanacaksınız. Birilerinden iyi geceler mesajını beklemek zorunda değiliz, buna ihtiyaç duymayız ki, çünkü bizim her gecemizin sonuna okuduğumuz kitaplar mutlulukla nokta koymayı başarabiliyor. Bir gün biz yalnızları çok kıskanacaksınız. Çünkü bizler hep özeliz...

Doksanlarda Çocuk Olmak

Biz çocukken cep telefonu, bilgisayar nedir bilmezdik. Tek eğlencemiz sokaklarda saklambaç, istop, yerden yüksek, misket oynamak falandı.

Şimdiki çocuklar sokaklardan korkar olmuş, oysa sokakta hayat var. Toprakta oynamayan, çamura bulaşmayan bir nesil yetişiyor, ne acı. Biz çocukken diziler, filmler bambaşka güzeldi... Küfretmeden de güldürebiliyorlardı, samimiyet kokuyordu o diziler... Ailece çekirdek çıtlatıp izlerdik, bir de masaya çay konuldu mu işte huzur bu derdik... Biz çocukken bayramlar da eşsizdi, kıyafetlerimizi başucumuza koyar öyle uyurduk. Sabahın erken saatlerinde kalkar büyük bir heyecanla yeni kıyafetlerimizi giyer sokaklarda koşardık. Tanıdık tanımadık tüm amcaların teyzelerin ellerini öper harçlık beklerdik. Hava soğuk olsa da sıcacıktı içimiz. Ellerimizde poşetlerle kapı kapı dolaşır şeker toplardık... Biz çocukken en büyük maceramız komşularımızın erik ağacına dalmaktı. Biz çocukken daha çok saygılıydık. Sokakta top oynarken ezan okuduğunda durur, bitmesini beklerdik. Biz çocukken arkadaşlığımız da bambaşkaydı, sadıktık birbirimize. Bir arkadaşımız dayak yediğinde karşı taraf sayıca bizden çok fazla olsa da, yine de kaçmaz sonuna kadar kavga ederdik. Birlikte dayak yer gülümserdik... Biz çocukken, kurallarımızı da bilirdik, annemizin hatırlatmasına gerek yoktu. Peşimizden koşturup pek yormazdık onları, akşam ezanı okunmadan evde olurduk. Sofraya hep birlikte oturur, gün içinde yaptığımız yaramazlıkları annemiz babamıza anlatırdı, başımızı eğer utanırdık. Asla saygısız değildik. Güzel günlerdi, bir daha asla yaşayamayacağımızı bildiğimiz tatlı günlerdi. Kış mevsimini de çok severdik, banyodan çıktığımızda sobanın yanına geçer ısınırdık. Bir de kestane varsa sobanın üstünde tadından yenmezdi... Doksanlarda doğduysan neşeli bir çocukluk geçirmişsindir... Doksanlarda doğduysan hâlâ o zamanki samimiyet kokan dizileri çok özlüyorsundur. Doksanlarda doğduysan, şimdiki çocuklara bakıp iyi ki doksanlarda doğdum diyorsundur. Çünkü sokakta oynayan son çocuklar bizlerdik. Ve biz çocukken aslında dünya daha renkliydi...

Sen Yaratılan En Güzel Varlıksın

Kendimize en çok sorduğumuz sorulardan biri de: "Bu hayatta, ne işe yarıyorum?"

Kendimizi mutsuz hissettiğimiz anlar, mutlu hissettiğimiz anlardan daha çoktur. Doğru.

Her şeye çabuk alınır, kırılırız... Hayatımızdan çıkan insanları dert ederiz... Onlar başkalarıyla mutlu olurken bizler daha çok içimize kapanırız. Ne tuhaf değil mi? Bizi geleceğine taşıyamayan insanlar için ağlıyoruz. Yıllar sonra adlarını dahi unutacağımız insanlar için heba ediyoruz bu kısa hayatımızın küçük bir bölümünü.

Bizler, bazen kendimizden daha çok nefret etmek için hiçbir halta yaramadığımızı düşünürüz. Mesela, "Şu insanların hayatında olmasam, onlar için ne değişebilir ki? Varla yok arasında bir yerlerdeyim, şimdi çekip gitsem ardımdan dur diyenim olmayacak..." diye söveriz kendimize.

Sen değerli birisin güzel çocuk. Gerçekten öylesin.

Sadece hayatındaki insanlardan sürekli ilgi görmek, sevilmek, onlar için bir anlam ifade ettiğini hissetmek istediğin ve bunu çok göremediğin için kötü şeyler düşünüyorsun. İstediğin her dakika, her saat, her gün beklediğin ilgiyi göremezsin ki. Bu çok zor bir şeydir, bazılarının hayatında sahiden de inanılmaz büyük yerimiz vardır. Ama onlar hep yakınımızda olduğu için bunu bize hissettirmeyi pek düşünmezler. Bu gayet normal bir şey, senin de böyle davrandığın zamanlar vardır elbet... Şimdi hiçbir iz bırakmadan çekip gitsen, ardında senin için ne kadar çok gözyaşı döküleceğini tahmin dahi edemezsin.

Yokluğun kaç kişinin uykusuzluğuna neden olur bilemezsin...

Sen gerçekten değerlisin... Ve bunu hissetmek için sürekli ilgi bekleme.

Birilerinin kalbinde eminim tahmin ettiğinden daha çok yaşıyorsun.

Birileri seni çok mükemmel seviyordur biliyorum. Sen de bil.

Unutma, sen yaratılan en güzel varlıksın...

Adam Olan

Bir ilişkiye başlarsın, ilk haftalar hep tatlı geçer, her günün dünden farklı olur. "Aşk sen ne güzel şeysin böyle!" dersin. Sonra vakit geçtikçe erkek kendini daralmış hisseder, özgürlüğünün kısıtlandığını düşünür, sen başkasına gitmesin diye, onu arama, şununla görüşme, beni hep özle dersin. O ise ayrılınca, sanki diğer tüm kızlar kendiyle ilgilenecekmiş gibi saçma sapan hayaller kurar. Aklınca seni çok kırmamak için, bahanelere sığınır. Gitmek isteyenin en meşhur bahanesi, "Ben seni hak etmiyorum, sorun sende değil bende!" gibi cümlelerdir. Ve gider, çok kolay gider, çabucak gider. Bayramda şeker beklerken cebine harçlık konulan bir çocuk gibi mutlu olur gider, kafesinden kurtulup özgürlüğe kanat çırpan kuş misali rahata erdiğini düşünür... Sen bu acıyı yalnız atlatmak zorunda kalırsın, kimseler pek yoktur yanında. Zaten arkadaşlarının avuntuları seni teselli edemez çok... Ve giden aradığını bulamayınca onu da üzüntüler sarar. Ve adam anlar ki, bir zamanlar yanındaki insan kendisini gerçekten seviyordu. Ama sen daha iyilerine uğramak için kaçıp gittin. Yeniden dönmek istedin, oysa artık sandığın gibi değildir hiçbir şey. Sen hep bekleyeceğine inandın fakat kadın yokluğuna alışmış düştüğü yerden daha güçlü kalkmıştır. Neden istesin ki? Belki de onun hayatına çoktan bir başkası girmiştir. Ne sandın ki? Ne yani vazgeçilmez olduğunu mu sanıyordun? Evet öyle sanıyordun. Bunu hiç tahmin etmemiştin. Seni sevdiğini bildiğin için gitmek kolay geldi ayaklarına... Sonunu düşünseydin kahraman olabilirdin. Bazen sevgiyi, güzelliği, çekiciliği, seksiliği bir kenara koymak gerekir. Daha iyilerini aramaya ayırdığın vakti biraz olsun yanındakine değer vermeye ayırsaydın bir hikâyenin kahramanı olabilirdin...

Şimdi ne olacak biliyor musun?

Sen başka hikâyelerde figüran olarak yaşamayı öğreneceksin.

Adam olan iyisini bulmak için yanındakini terk etmezdi.

İzin Verme!

Seni hayatımdan çıkarmama izin verme!

Bu yüzden arada bir uğra bana, sev demiyorum, kalman için ısrar da etmeyeceğim...

Sadece seni unutmama izin verme, belki yıllar sonra senin gibi gülümseyen biri çıkar karşıma.

Belki bıraktığın izleri silmeyi becerir, belki tıpkı senin gibi dudağımın kıyılarından öper...

Bunu istemiyorum, yeni bir aşka alışmak, yeniden birileriyle tanışmak, hayatıma hiç girmemişsin gibi başkalarına gülümsemeyi istemiyorum... Ne olur seni hayatımdan çıkarmama izin verme, çünkü zamanın getireceği şeylere alışırım. İnsan her şeye alışır, yokluğuna da varlığına da... Seni unutmama izin verme, bu yüzden arada bir uğra, dokunma, sarılma, saçlarımı okşama yine de razıyım... Yeter ki çok uzaklara gidip, seni unutmama izin verme. Arada bir uğrayışın aylarca sevdirir seni, sakın unutma. Bir kez sarılışın asla unutturamaz seni...

Kıyaslamak

Sana yakın olması için bir kadını başkasıyla kıyaslamaya kalkma.

Onu kıskandırmaya çalışma, çünkü kadınlar başkalarıyla kıyaslanmaktan hiç hazzetmezler. Sana yakın olmasını istiyorsan, senin için diğerlerinden farklı olduğunu göster. Mesela ona özel olduğunu hissettir. Samimi davran, dürüstlük kaybettirmez... Bir kadına "Gülüşünü özledim!" demek bile onu biraz olsun özel hissettirir. Kadınları mutlu etmenin yollarından biri de, onu mutsuz eden ne varsa, onları unutturmaktır.

Sorun Kimde?

Anlamıyorum...

Sorun bende mi yoksa sevdiğim insanlarda mı? Sadece sevilmek istiyoruz diye haykırıyor kimileri. Amaçlarının mutluluk olduğunu dile getiriyorlar... Elimden gelen her şeyi yapıyorum, olabildiğince en iyi şekilde sevmeye çabalıyor, bunu başardığıma inanıyorum. Çünkü, onların mutlu günlerinden çok kötü günlerinde usulca yanlarına yaklaştım...

Saatlerce dinlediklerim de oldu geceleri sesini duymak için aradıklarımda.

Ama yetemedim hiçbirine, dönüp arkama baktığımda hiç kimseyi görmedi gözlerim, hiçbirinin sesini işitmedi kulaklarım. Yalnız olmadığıma o kadar çok inanmıştım ki, adeta onlara bağlanmıştım. Birçoğu hırsızdı, hep bir şeylerimi çaldılar, en çok da kalbimi.

Sevdiğim kadınlar katildi. Aşka aç uyuduğum gecelerde hep öldüm ben, öldürüldüm!

Birçoğu masumdu. Öperek gidenler de oldu hayatımdan... Ve birçoğu da acımasızdı, daha çok acıyla kıvranmam için hatıraları bıraktılar kollarıma. Cömert biriyim ben, biraz da saf.

Tüm sevgimi verip kalbimi emanet ettim hepsine ve birer birer kırıp, parçalara bölerek geri verdiler. Biliyor musunuz artık çok yoruldum. Hiç kaçamadığım için, kabul ettim yalnızlığı...

Sadece yalnızlığı seviyorum. Ve inanın, saklamıyorum artık duygusal şarkılarda ağladığımı...

Çevrenizdeki insanlar kendilerini ulaşılmaz
hissediyorlarsa
Bunun suçlusu sizlersiniz.
Bu kadar çok değer vermemeliydiniz!

Ayrı olmamıza rağmen, çekinmeden
"Kendimi kötü hissettiğim anlarda seni özlüyorum!"
derdin.
Bu yüzden hiç iyi olmanı dilemiyorum!

"Ya dudaklarını bir ömür başkasına yasakla!
Ya da yalnızca bana sakla!"

Onu Ağlatma

Yaptığın hataları umursamadan, seni sevmeye devam eden kadını hak etmediğini bildiğin halde, onu üzmeye devam ediyorsun. Sen onun sana olan sevgisini kullanıyorsun, insanların en zayıf yerini bulduğumuzda onları kırmaya oradan başlıyoruz. En büyük yanlışlarımızdan biri de bu. Seni görmek istiyorsa yanına git. Ojesi kurumadan mesaj atan kadın konuşmak istiyorsa dinle, onu ağlatma. İstediği tek şey biraz sevgi, yolda karşılaştığın senin için pek değeri olmayan insanlara gülümsersin de, seni en çok sevene sırt çevirirsin, bunu yapma...

Nasıl Unutulur ki?

Sevdiğin kişi olmadıktan sonra hayatına birilerini almanın ne önemi var ki?

Yaklaşık olarak yalnızlığımın üçüncü yılını kutluyorum, hiç samimi bulmuyorum ne yaparsam yapayım yabancı görmekten bir türlü kurtulamadığım insanlara dokunmayı.

İnsan sevdiğiyle olmalı. Biteceğine inandığımız ilişkilere neden sığınırız ki? Bu sadece ağlayan bir çocuğun eline şeker vermek gibi bir şey. Bizler de kendimizi avutmak için başkalarına gidiyoruz hepsi bu. Ve ne yazık ki bunun aşk olduğuna inananlar var, birini unutamadıktan sonra başkasına nasıl sarılabilirsin ki? Hem ayrıca insan sevdiğini nasıl unutabilir ki?

Geçer Demeyi Bilmeli İnsan

Bizler acıyı seven insanlarız, mutluluk yakınımızda olsa da bazen onu göremeyecek kadar körleşir, sahip olamayacağımızı bildiğimiz kalplerin peşinden koşmak isteriz ve ulaşamayınca daha çok değerlenir gözümüzde. O git der sen aksini yaparsın, o tavşan gibi kaçar sen avcı gibi kovalarsın, o hakaret eder sen duymazlıktan gelirsin, o üzer sen ses çıkarmazsın, o başkasına gider sen öylece bakarsın. Ve onun vazgeçemediklerinin arasında olduğuna inanırsın, bu yüzden yakınında olan mutlulukları fark etmezsin, aklın kalbin onunladır çünkü. Bazen kendi varlığından çok onu düşünür yavaş yavaş yalnızlığa alışırsın. En dibe vurduğunda anlarsın çok değer vermenin kaybettirdiğini. Bazen çok sevmemek lazım, gelirsen mutluluk vaat ederim sana, gelmezsen de biraz üzülürüm ama sonra geçer demeyi bilmeli insan...

Gelmesen de Olur

Ben senin için, sen de bir başkası için yaşıyordun.
Ben sana adım atarken sen başkasına koşuyordun.
Ben seni ararken, sen başkalarında kayboluyordun.
Ben sensiz üşüyorken, sen başka tenlerde sıcaklığa doyuyordun.

Bu düzensiz düzene çok alıştırdım kalbimi, şimdi gelsen sevmeye nereden başlayacağımı bilemem, yüzüme gözüme bulaşır bu aşk. Belki de düşlerimdeki kadar masum değilsin, belki de sana dokunduğumda hayal ettiğim mutluluğu yaşayamayacağım. Her neredeysen orada kal, alıştım çünkü olmayışına. Biliyor musun, insan bazen sadece düşlerinde büyüttüğü karakteri sevmeli... Ona sarılmalı, öpmeli, çünkü hayallerde sevilenler asla gitmezler...

Mutluluk Sende Saklı

Biz insanlar çok tuhaf yaratıklarız. Sürekli bir şeyler istiyoruz, yetinmek nedir bilemiyoruz, her şey bizim olsun, güzel olan ne varsa sahip olalım diyoruz, elimizdekilerin başkalarının hayali olduğunu hiç düşünmeden. Ve sürekli aklımızda hep bir gitme isteği, sanki başka şehirlerde tüm güzellikler bizleri bekliyormuş gibi kandırıyoruz kendimizi. Oysa o gitmek istediğimiz şehirdeki insanlardan bazıları da bizim bulunduğumuz şehre kaçmayı düşünüyorlar. Onlar da burada mutlu olacaklarını sanıyorlar. Biz en iyisi ortada buluşup, birbirimize senin gideceğin yerde mutluluk yok, çünkü ben oradan geliyorum diyelim. Bir türlü anlamıyoruz, ya da anlamak istemiyoruz mutluluğun uğramadığımız şehirlerde değil de içimizde saklı olduğunu ve sana bir ipucu vereyim, insan kendiyle barışık olunca mutlu da olur. Bunu unutma.

Artık

Seninle olmak istemiyorum, beni sevmeni istemiyorum.

Sadece yürüdüğün yollarda gördüğün insanlardan herhangi biri beni hatırlatsın sana.

Birbirimize ait olmak istemiyorum. Sadece birlikteyken dinlediğimiz şarkıları, gittiğin her yerde duy istiyorum. Duy ki başını yere ey. Duy ki kalabalığın arasından sızıp bir köşede bunun için üzül. Beni sar istemiyorum, bana gel istemiyorum. Sadece neler kaybettiğini anlamanı istiyorum. Beni öpmeni istemiyorum, sesini duymak istemiyorum.

Sadece bir gün, kesişirse yollarımız, bana yeniden sevmeyi öğreten insanın kollarındayken gülümsediğimi gör istiyorum. Ben unuttum ve senin unutmanı istemiyorum.

Unutmak için hangi yolu denesen de o unutamadığın kişi olmak istiyorum.

Çünkü ben ağlarken, sen gülümsüyordun. Çünkü aşk bittiğinde kalbimde açtığın yaraları umursamıyordun. Ama bitti, geçti, artık uzaktan bak bana nasıl toparlandığımı gör, gülüşlerimi izle, izle ki senin için imkânsız olduğumu hatırla.

Kadın

Fazla kilolarını kıyafetlerle kamufle eden bir kadın isterse acısını da saklamayı becerir. Eğer kadın karşında ağlıyorsa güçsüz bir yapıya sahip olduğu için değil sadece senden çok daha fazla duygusal olduğundandır. Ya da sandığı gibi adam olamadığın içindir. Veya birlikte yürüyeceğinize söz verdiğin yolda senin başka yöne sapıp onu ardında bıraktığın içindir. Belki de sana verdiği tüm değere değmediğini geç anladığı içindir.

Kalbime Söz Geçiremiyorum

Evet daha önce de çok hatalarım oldu.

Mesela sorun senin gitmen değildi, sadece benim herkese çabuk güvenmem ve güvendiklerimin bakışlarına aldanıp onlara bağlanmamdı. Sorun asla sen olmadın, bu kadar çok önemseme kendini. Ben insanların hayatımdan çıkmalarına çok üzülmüyorum, her defasında bu son dememe rağmen, bir türlü onlara sırtımı dönemediğime üzülüyor, en çok da bu halime kızıyorum. Ve siz hayatımdan çıkanlar aklınızca gittiğiniz için yalnızlığa çekilip üzüldüğümü sanıyorsunuz. Ben aslında kalbime söz geçiremeyişime ağlıyorum, ama anlamıyorsunuz.

Meğer...

Aslında bakarsan seni kaybetmem için ilkönce bana ait olman gerekir.

Yani sandığım gibi değilmiş meğer. Ben seni değil gülüşlerimi kaybetmişim oysa, sen sadece bu gerçeği görmememi sağlayan siyah bir perdeydin hepsi o. Ve ben çok düşündüm dün gece. Kafamdan geçen tüm yaşanmışlıklardan, hayallerden, yaşanamayanlardan, en çok da gerçeklerden anladığım tek şey, sen eşittir gözyaşı. Meğer ben seni aşk sanmış, sahte gülüşler için sana sığınmışım. Bana hiçbir zaman ait olmadığını şimdi ikimiz de çok iyi biliyoruz. Bu yüzden kırdım tüm prangalarımı ve korkmuyorum yalnızlıktan artık, düşmeyecek senin için tek bir yaş gözlerimden.

Olur ya...

Hani olur ya, bazen başını yastığa koyduğunda kendini bu hayatın içinde fazlalık olarak hissedersin, olur ya çevrendeki insanlar tarafından hiç sevilmediğine inanırsın, olur ya aynaya baktığında kendini değersiz bir eşya gibi görürsün ve neden kimin için yaşıyorum diye sitem edersin ya...

O an lütfen bu cevabı ver:
"Annem için, annem için!"

Olur ya belki de annen hayata gözlerini kapamıştır, tamam elbette üzül, bunun için ağla ama yine de annem, annem için diye tekrarla.

Anne sevgisi diğer tüm sevgilerden yücedir, hadi gülümse...

Bunu kendin için yapmaya çekinsen de annen için yap, onun yüzüne her fırsatta gülümse...

Çünkü sen ona sadece gülümsersin.
Ama o senin gülümseyen yüzünde cenneti görür...
Bu yüzden, ona her fırsatta sarıl ve gülümse.

Yanındaki Ne Kadar Senin?

Ben ne kadar seninim diye sordu kadın.

Ve cevap verdi adam, ben bir evim, sense evi ayakta tutan kolonlar. Sen olmasan parça parça yıkılır ayakta duramam, ben yeni doğmuş yuvasız bir serçeyim, sen ağaçtaki en güzel yuva. Yaşamam için sana sığınmam gerek. Ve sende uyuyan ben değilsem, en güzel yuva olman neye yarar? Ben bir yüzüğüm sense uyduğum tek parmak. Ben çöldeki solgun çiçek, sen bir damla su. Karıştık birbirimize ve bu yüzdendir yeşilliğim, bu yüzdendir her geçen gün seninle biraz daha büyüyüşüm, bu yüzdendir gülüşlerim. Bu yüzdendir seni çok sevişim dedi adam.

Ve aşk gülümseyerek bir kez daha uyudu kalplerinde.

Olmalı

Seni anlayan biri olmalı hayatında. Her şeye rağmen seni dinleyen
sesiyle huzur veren, yokluğunun sana iyi gelmeyeceğini bilip
bir an olsun elini bırakmayan
varlığıyla mutlu edebilen
gülüşüyle içini ısıtan biri kesinlikle olmalı hayatında...

Özgürlük birilerinin hayatını mahvedip, gözlerini yaşlara mahk&m kılmaksa eğer, gülümse! Hiç dokunamayacağım, nefesini tenimde hissedemeyeceğim kadar özgürsün artık!

Eğer benim için yaratılmışsan, nereye gidersen git Uğrayacağın en son durak ben olacağım. İşte buna inanmak bile güzel.

Gel der gidersin, git der gidersin, sus der susarsın, sev der seversin. Unut der, yine seversin. Her şeye evet dersin ama konu unutmaya gelince işte o zaman sözünü dinlemezsin kırmaya kıyamadığının. Çünkü unutmak diye bir kelime senin ne lügatinde ne de kalbinde var.

Minnettarım Sana

Öylece oturup izlemek istiyorum seni...

Saçlarına dokunmayı, konuşmadan gözlerinle bana bir şeyler anlatmanı, gülümsemeni ve gamzelerinin çehrene nasıl yakıştığını izlemek istiyorum öylece. Sonra anlatmak, senden önce başıboş, işe yaramaz biriyken, hayatının her anını değerlendiren birine nasıl dönüştüğümü anlatmak istiyorum, tenine dokunarak. Varlığın hayatımdaki diğer tüm boşluklara yetti, hangi duayı etsem sana, hangi dilde anlatsam güzelliğini, tüm sayfalara da yazsam sevgiyi yine de eksik kalır. Minnettarım sana...

Bazen...

Bazen bitmesini hiç istemediğim bir kitap oluyorsun
bazen hep dinlemek istediğim bir şarkı...
Sahi söyler misin aramızdaki kilometrelerce mesafelere aldırmadan
nasıl beceriyorsun bana nefesim kadar yakın olmayı?

Çok Başka Seviyoruz

Aslında herkesin, uğruna kelimeler yazdığı biri vardır. Aslında hepimiz biriyle yaşanabilecek tüm güzellikleri yaşamak istiyoruz ve hayal kurmanın sınırı olmadığı için kulağa çok hoş gelen şeylerin hayalini kuruyoruz. Başkalarının yapıp mutlu olduğu şeyleri bizler de denemek istiyoruz. En çok da bir karavan alıp şehir şehir dolaşmayı, onunla yeni yerler keşfetmeyi. İşte bunlar hep çok sevdiğimizden. Hepimizin birbirimize yaslanarak saatlerce konuşmak istediği biri vardır. Ama onun varlığından çok yokluğunu yaşıyoruz. Bu kötü bir şeydir evet, her gece anımsadığın kişinin dokunamayacağın kadar çok uzakta olması. Fakat güzel yanları da vardır. Mesela, istediğimiz gibi şekillendirebiliyoruz onu, hayallerimize karışamadığı için hep bizimleymiş gibi, uyuyoruz. Bazen yanımızda yürüyormuş gibi, sanki elimizi uzattığımızda saçlarına dokunacakmışız gibi hissediyoruz. Bazen rüyalarımızı da esir alıyor ve uyandığımızda sanki rüyaya kaldığımız yerden devam edecekmişiz gibi yeniden uyuyoruz. Bizler çok başka seviyoruz, bizler var ya aslında sadece birbirimize karışmayı istiyoruz.

Bana Gönderilmiş Bir Melek

Bazen biri hayatına giriyor, yüzlerce insanın arasında onu çabucak bulmanı sağlayacak kadar farklı olduğunu ispat ediyor. O kişiyle vakit öldürdükçe, sen de mutlu oluyorsun. Gelişigüzel uğruyor hayatına, sıradan değildir. Ötekilerin çok ötesinde temiz bir kalbi vardır. Mesela kendini üzgün hissettiğin anlarda onunla muhabbet edince yüzün gülümsüyor, kendini daha güçlü hissetmeye başlıyorsun. Hatta ve hatta bu düzensiz dünyadan olduğuna akıl sır erdiremiyorsun. Ve zamanla onu daha çok tanıdıkça adına farklı anlamlar katarak sevmek istiyorsun, çok sevmek ve sahiplenmek. Fakat sandığın gibi olamıyor. Bir türlü sevemiyorsun, ne yapsan âşık olduğuna inandıramıyorsun kendini, ama vazgeçemiyorsun da. Sanki Allah, "Sevgilin olması için değil, kırgın olduğunda seni toparlamasını istediğim için çıkardım onu karşına..." dermiş gibi hissediyorsun. Arkadaş değildir, dost da, aşk da. Hiçbir kılıfa uyduramıyorsun bir türlü. Mesela kendini onun dudaklarından öperken düşünemiyorsun, el ele yürümek yabancı gibi geliyor sana. Fakat hep yanında kalmasını istiyorsun. Gidince, eksileceğine inanıyorsun. "Herkes gitsin, ama o kalsın!" diyecek kadar kaybetmek istemiyorsun. Adını koyamadığın bu duygu yıpratmaya başlıyor seni. Ama belki de o kişi düşündüğün gibi üzgün olduğun zamanlarda, yanına sokulup kendini daha iyi hissetmeni sağlamak için vardır. Belki de yanlış ağlara takılma diye seninledir. Belki de hayata yenik düşme diye, sana güvenilir bir duvar oluyordur. Çok da derinlere inmemek gerekir bazen, neden, niçin diye düşünmeden yanındakiyle yaşamak gerekir gittiği yere kadar. Ve illa bir isim koyacaksan eğer, bana gönderilmiş bir melek de. Yanındaki kim diye sorduklarında illa bir cevap vermen gerekecekse o benim özelim diye fısılda.

Sana Âşık Değilim Seni Seviyorum

Hem zaten aşk ne ki? Yanında kendimizi biraz iyi hissettiğimiz ve hoşlandığımız insana âşık olduğumuzu sanıyoruz, zamanla ona olan ilgimiz azalınca ve başka biriyle görünce de âşık değildim diye saçmalıyoruz. Aşk geçicidir, aşk öylesine birine bakıp çıkacağım dermiş gibi kalbine uğrayıp gider. Aşk dokunmak ister, aşk mesafeleri sevmez, aşk her daima ilgi bekler. Aşk aptallaştırır. Ama sevgi, sevgi öyle bir şey değildir. Sevgi olgunlaştırır. Sevgi bambaşka bir güzelliği içinde barındırır. Aşk mutlu olalım der, sevgi mutlu ol der. Birini sevdin mi, sadece seversin, ondan başka şeyler pek düşünmezsin, yanında olmasa da seversin. Âşık olduğun birini yıllarca kalbinde taşıyamazsın. Mutlaka başkaları aklına konar. Ama sevdiğin zaman, kalbini mühürlersin bir başkasına. Ve özet geçmek gerekirse aslında aşk beni sev der, sevgi, beni sev demiyorum, arada gülümse kâfi der. Sana âşık değilim, seni seviyorum. Anlatabiliyor muyum?

Farklı Ol

Bugünü kendine ayır. Yarım kalan kitaplarını oku. En sevdiğin şarkıyı bir kez daha dinle, o hep gitmek istediğin yerlere git, artık yarına erteleme. Bugünü kendine sakla. Telefonu masanda bırak, çıkıp dolaş. Üzüntüleri boş ver, onlar zaten hep vardır, var olacaktır. Bugün hep iyi şeyler düşün ve çok uzak değilse eğer büyüdüğün sokaklara uğra. Çocukluğunu hatırla, en masum olduğun zamanları yeniden yaşa. Tadını çıkar hayatın, nasılsa her masal elbet bir gün son bulacak. Artık sadece kendim için yaşayacağım diye bugün söz ver kendine. Kaç yaşında olduğunu bilmiyorum. Onca yıl şu yaşadığın hayattan neler anladığını bir kez daha düşün, düşün ki hayal kırıklarının mutluluklarından çok olduğunu gör. Gör ki sadece mutluluğun için savaş, kimlerle savaşman gerekiyorsa. Ve gülümsemek için bir nedene ihtiyaç duyuyorsan eğer, hayatta olduğuna sevin, gülümse. Daha farklı yaşamaya çalış hayatı, mesela yağmurda durmadan dans et. Delilik diyenlere aldırma, sen diğerlerinden farklı ol. Çünkü farklılık her zaman iyidir.

Kadınlar Ağlamasın

İlla birileri ağlayacaksa o biz olalım. Kadınlar ağlamasın.

Ne bileyim herhangi bir kadını ağlarken gördüğümde kendimi suçlu hissediyorum, sanki gözlerinden düşen damlalardan bir tanesinin nedeni de benmişim gibi hissediyorum. İlla birileri terk edilecekse o da biz olalım, kadınları terk etmek bir hayatı terk etmek gibidir. Onların bizden beklediği tek şey sahiplenmek. Bunu da beceremiyorsak eğer, o halde dünyaya artık erkek çocuğu doğmasın. Hadi bunu da geçtim. Sen anneni ağlarken görmeyi hiç istemezsin ya, onun üzgün olduğuna dayanamazsın ya? Karşındaki kadın için de böyle düşün. Çünkü her kadın bir anne adayıdır. İlla birilerinin sevilerek şımartılması gerekiyorsa işte onlar da kadınlar olsun. Bir kadının gözyaşlarının nedeni değil, yüzündeki tebessümlerin sebebi ol.

Umudum Var

Bir gün bunu söyleyeceğim hiç gelmezdi aklıma. Ve sen benim artık dinlemek istemediğim bir şarkısın. Şimdi kimin için çalarsan çal. Kimin sahiplendiği özel şarkı olursan ol, umurumda değilsin. Başkasının huzurla dinlediği şarkıyken, beni ağlatansın, bu yüzden dinlemek istemiyorum seni, eskiyen bir şarkı oldun benim için. Ve ben artık yeni şarkılara açıyorum kalbimi. Olur ya belki de yeniden bir şarkı da benim için çalar. Benim hâlâ aşktan yana umudum var.

Yarım Kalan Bir Aşkın Hikâyesi

Rose ve Lort

Merhaba.

İşte yine ben.

Nasılsın? İyi misin? Umarım iyisindir. İyi ol, iyi kal.

Dün bir kez daha uğradım sana. Çiçekleri tekrar tekrar suladım, çiçekler ölmesin derdin. Belki de bu yüzden hayata elveda diyen sen oldun, belki de bu yüzden toprağa karıştın. Toprak demişken, nasıl da güzel kokuyor toprağın ah, bir de yağmur karışınca işin içine, etraf sen kokmaya başlıyor. Ve ben bir kez daha âşık oluyorum sana. Biliyor musun geçen gece uyuyamadım, ne yaptıysam bir türlü uyku tutmadı. O uyduruk uyku hapları da bir işe yaramadı, kalkıp küçük eşyalarının saklı olduğu o kutuyu yeniden aldım kucağıma. Önce dakikalarca seyrettim. Bir an açmak istemedim ama gülüşün geldi aklıma, dayanamadım.

Hediye ettiğim melek kolyesine takıldı gözlerim, sen hep güçlü ol derdin ama ben bu kez de ağladım, sonra not defterini alıp sayfalarda kaybolmaya başladım, yanında olmadığım zamanlarda ne kadar çok özlediğini okudum, tebessüm de ettim. "Geldiğinde geç kaldığı için onu boğacağım!" cümlesini okurken. Eğer geçmişe geri dönebilseydik, tüm samimiyetimle söylüyorum bunu sana tek bir an dahi uzağında olmazdım asla. Pişmanım, evet çok pişmanım, birçok güzelliği ertelediğim için, ama sen yine de affet beni olur mu? Ben zaten yeterince yandım senden sonra...

Biliyor musun? İlk karşılaştığımız o yere gittim sana gelmeden önce. İçeri girdiğimde burkuldum, sevdiğin renkte değildi duvarlar, sanki işyeri sahibinin öldüğünden haberi varmış gibi, her yeri hüzünlü bir siyaha boyamış, sanki tüm çalışanlar yastaymış gibi siyahları giyinmişlerdi, hemen çıktım oradan. Ve sana koştum...

Ölüm ne berbat bir şey Rose! Yaşam kaynağım dediğin birinin gözlerinin önünde eriyip gitmesi ne acı bir şey! Ama hayat bu hep sevdiklerimizi kaybettiğimizde hep onların erken gittiğini düşünürüz yaşları kaç olursa olsun. Sen de çok erken gittin, otuzuna gelmemiş bir kadını neden bulur ki ölüm ve o kadın birinin nefesiyken neden ayırırlar ki birbirlerini? Ah Rose hatırlıyorum da, küçük parmaklarının her birine öpücükler kondururdum ve sen seni ne kadar sevdiğimi sorardın, tarif edemiyorum dediğimde yine de cevap vermem için ısrar ederdin. Saçlarının her teli kadar desem değil, ateş olsan yanacağımı bilsem, yine de sana koşmaktan korkmayacak kadar desem değil, ben seni gökyüzünde parlamaktan vazgeçmeyen yıldızlar kadar çok seviyorum. Hayır hayır bu da az kalır, anlatamıyorum Rose. Tüm cümleler eksik kalıyor, sonsuz bir aşk bu. Ama gözlerin artık karşımda parlamıyor Rose, yalnız uyuyorsun, orada yalnız yaşlanıp çürüyor bedenin. Keşke Rose keşke kalan ömrümü adayabilseydim sana.

Ne çok mutluyduk oysa, ne çok seninle yetimhanelerde dolaşıp çocuklar severdik.

Özlüyorum Rose. Özlüyorum seninle bir çocuğun başını okşamayı ve sen yoksun diye uğramıyorum çocuklara, korkuyorum güzellikler tanrısı çok korkuyorum seni sorduklarında, başımı eğip çaresizce ağlarken titreyen dudaklarımla "Gitti!" demekten. Ve nereye diye sorduklarında dönüşü olmayan bir yere gittiğini söylemekten çok korkuyorum.

Hastalığın nedeniyle koklarken seni bir kez daha sevmemi sağlayan saçlarını kesmişlerdi ve ben en çok da o an birbirimizden kopacağımızı hissetmiştim, hastalığının umurumda olmayacağını göstermek için kendimce gidip ben de saçlarımı kazıtmıştım, ağlamıştın hem de çok, en azından birimiz saçlarımızı okşayabilseydik diye. Hem çok ağlamıştın. Ama mutluyduk biz kendi dünyamızda, istediğimiz tek şeydi küçük bir meleği sevmek kucağımızda, ama çok gördüler mutluluğu ve aldılar seni... Hastalık kopardı bizi.

Ben... ben yaşamıyorum. Buna hayat denmez, ruhum yok. Evden çok çıkmıyorum eskisi gibi, insanların yüzlerindeki mutluluğu görünce oturup ağlıyorum. Birbirlerini hak etmeyenler yan yanayken birbirlerini hak edenler hep uzaktalar Rose. Neden böyle? İyi insanlar acı çekmek için mi doğdular? İyi insanlar hep hedef tahtası olmak için mi nefes alıp veriyorlar? Yağmurlardan da korkuyorum artık, dans etmek hiç gelmiyor içimden, özgürlüğü hissetmiyorum damlalar altında, insan en çok da yağmurda dans ederken özgürdür derdin. Şimdi gökyüzü sensizliği bir kez daha yüzüme vurmak için ağlıyor ve ben penceremde izliyorum sağanak yağmura yakalanan tüm insanları, hepsinin başı yerde hepsi sığınacak bir yer bulabilmek için koşuşturuyor. Bağırmak geliyor içimden, "Durun! Hadi! Dans edin yağmurda, benim artık cesaretim yok! Sizler birbirinize karışacak kadar yakınken! Sarılın ve dans edin! Yüzlerinizi saklamayın, kaldırın başınızı gökyüzüne, her damlayı hissedin çehrenizde! Durun ahmaklar! Olduğunuz yerde durup dans edin!" diye haykırmak istiyorum penceremden ama yapamıyorum Rose yapamıyorum!

Kimselere anlatamıyorum, içimdeki ateş her geçen gün biraz daha büyüyor. Hissediyorum, senin de canın orada acıyor, onca yalvarışım da işe yaramadı, Tanrı hastalığını senden alıp bana vermedi. Her şeyde bir hayır vardır diyor kimleri, en çok da onlara kızıyorum, hepsinin bileklerini kesmek istiyorum! Ölümün seni benden almasındaki hayır nerede? Ne yani? Daha iyilerine mi layığım? Ne yani? Bir gün seni unutup başkasına mı kördüğüm olacağım, başkasına mı bakacağım senin gözlerine baktığım gibi? Başkasına mı sarılacağım, seni hiç hatırlamayıp? Bu işte hayır asla yok! Gidişin her geçen gün acıma acı katmaktan başka hiçbir halta yaramıyor Rose! Gülümsemeyi başaramıyorum artık.

Sen aslında çok şanslısın Rose. Sadece bir defa gözlerini yumdun hayata, oysa ben ardında her gece ölüyorum yeniden, her gece kıyafetlerine sarılıyorum sana sarılır gibi, her gece başını yasladığın yastığı öpüyorum yanaklarından öper gibi, her gece biraz daha dibini görüyorum acının, her gece biraz daha susuyorum sana...

Biliyor musun?

Sırf çok sevdiğin için, omlet yapmayı öğrendim. Sabahları erkenden kalkıp sana kahvaltı hazırlıyor, odamıza bırakıp salona geçiyorum, sanki yatağımızda uyuyorsun, sanki birazdan uyanacak ve küçük jestimi gördükten sonra yanıma gelip boynumdan öpecekmişsin gibi hissediyorum. Dakikalarca kapıyı seyrediyorum, ama hiç gelmiyorsun Rose...

Hayır delilik değil bu, sadece avuntu... Evet biliyorum yatağımızda uyumadığını, evet biliyorum toprağın üzerini örttüğünü. Ben sadece seni yaşamak istiyorum, sana kahvaltı hazırlarken içimdeki mutluluğu seviyorum.

Gerçekten insan her şeye alışır mı Rose? Kimi kaybedersen kaybet, bir gün onun yokluğuna alışır mıyız? Vazgeçer miyiz beklemekten, yoksa anlamsız mı gelir artık yokluğunda yaşatmak gideni... Ben alışmak istemiyorum, belki de bu yüzden sanki dün hayata gözlerini kapamışsın gibi her sabah yanına gelip saatlerce toprağında uyuyor seninle konuşuyorum.

Kanserin seni benden alacak kadar güçlü olduğuna hiçbir zaman inanmak istememiştim oysa, kestikleri saçlarını hâlâ saklıyorum, üzerinden yıllarca geçmesine rağmen, hâlâ sen kokuyor. Evet Rose... evet o hastane odasında, sana haber vermeden saçlarını toplayıp saklamıştım. Ama sana söylemememin geçerli nedenleri vardı, ne olur affet beni! Saçlarını bir kavanozun içinde gördüğünde daha çok canın acıyacaktı, ağlayacaktın. Oysa senin hep gülümsemen gerekiyordu. Hele ki bu hastalık seni bulmuşken daha çok gülümsemeye ihtiyacın vardı, bu yüzden sakladım senden, bu yüzden geceleri yanımda uzanırken sırtımı sana dönüp uyuyormuş numarası yaparak avuçlarımda saçlarını okşuyor, öpüyordum her telini ayrı ayrı gizlice. Ne olur bunun için affet beni Rose! Ben seni çok sevdim, bırak sevmeyi sevmek değil bu, az kalır sevgi kelimesi içimdeki duygunun tarifine. Ben adeta sana tapıyorum, ben yalnızca seninle var olduğumu hissediyordum, sadece sen bana bir kalbimin, ruhumun olduğunu öğrettin. Dokundun... Hissettim. Oysa şimdi evet otobüste belki koltuklarda yer kaplıyorum, evet belki dolaşırken, tanıdığım insanlar beni görünce merhaba diyorlar. Ama ben yokum Rose! Onlar sadece yürüyen bir et yığını görüyorlar, onlar ruhumun bedenimden ayrıldığını bilmiyorlar, onlar her nefes alıp verişimin boşa olduğunun farkında değiller, onlar aslında yaşarken öldüğümden haberdar değiller. Nereden bilebilirler ki? Hiç kimselere anlatamadım yokluğunu, hiç kimselere bahsedemedim kanserin bizi ayırdığını. Oysa ne garip, ne acı değil mi? Beni yalnız görenler, senin evde beni beklediğini düşünüyorlar.

Ah Rose! Ölecek ne vardı! Neden sıra bu kadar çabuk sana geldi ve neden bizler gerçekten ölümü isteğimiz zamanlarda değil de, çok mutlu olduğumuz anlarda ölüyoruz.

Özlüyorum Rose! Özlüyorum. Burası çok karanlık, burası artık senden sonra yaşanılacak bir yer değil, evimizin tüm düzenini istediğin gibi hazırlamıştık, yukarıda yatak odamızın yanındaki o küçük tatlı odayı hayalini kurduğumuz kızımız için süslemiştik. Şimdi benim gibi hayalimdeki kızımız da sahipsiz kaldı. Hatta bu şehir de güzelliğini, tüm rengini yitirdi. Caddeleri özel kılan sendin, sahiller seninle oturduğumuz için anlam kazanmışlardı. Ve sen varsın diye bu şehir rengârenkti. Şimdi siyah bir hüzün var şehrin üzerinde, duvarlar mat sokaklar sıradanlaştı artık...

Ah Rose. Ne olurdu şimdi su olup aksaydın içimdeki ateşe, ne olurdu şu an gelip ısıtsaydın üşüyen bedenimi! Hayalin hep eksik, hayalin bir türlü istediğim gibi çok mutlu edemiyor beni, her tebessümümde kırıklar var, her tebessümde, gözyaşı saklı. Yaşamak istiyorum seni, yaşamak istiyorum seninle sevişmeyi, yaşamak istiyorum, dizlerimde uyurken aynı şarkıda ağlamayı, yaşamak istiyorum yeniden seninle sokakta gördüğümüz çocuklarla oyunlar oynamayı. Ölüyorum Rose! Ölüyorum, eksik yanım! Ölüyorum, tamamlanmamış mutluluğum! Sensizken, nefesim kesiliyor adeta fotoğraflarından öperken. Öldürüyor beni, hatıralar, öldürüyor rüyalar... Seni benden alan kansere lanet olsun!

Hastane odasında söylediklerin geliyor aklıma Rose:

"Ben gittikten sonra ağlama demeyeceğim ama bana söz ver bir gün yokluğumu kabul edip, yeniden hayatına kaldığın yerden devam edeceksin, asla hayata küsmeyeceksin, gülümsemek için yaşayacaksın. Karşına yeni insanlar çıkacak, belki birileri yaralarını saracak, sakın sırtını dönme. Ona gülümse, sevmeye çalış. Yaşamak çok güzel, her anını değerlendir, keşke dememek için aklından geçen her şeyi yap, benden sonra da evinde çiçekler büyütmeye devam et, benden sonra da çocukların başını okşa, yanaklarından makas ol. Yaşamanın değerini, ölümcül bir hastalığa kapıldığımızda anlıyoruz. Ve sen de bu hastalığı benimle yaşadın, bu yüzden benden sonra çok güzel yaşamaya devam edeceksin. Giderken aklımdaki son şey öpüşün, dilimde de adın olacak ve ben ölüme gülümseyeceğim.

Unutma beni kanser değil asıl ağladığını görmek yıpratır. Yanımdayken bunu sakın yapma. Dışarıda seni bekleyen mükemmel bir hayat var. Geceleri balkona çık. Gökyüzüne bak, gözlerine değen ilk yıldızın ben olduğumu düşün.. Konuş benimle sevgilim, gününün nasıl geçtiğini anlat, bana şiirler oku. Ve bunu her gece tekrarla. Biliyor musun Lort, seni ilk gördüğümde bugün benim en güzel günüm diye fısıldamıştım kalbime ve şimdi de bunu nefesim kadar yakınken yüzüne söylemek istiyorum. Benim aslında en güzel günüm bugün çünkü benimlesin, yanımdasın... Seni hissediyorum... İçimdeki sıcaklık ellerimi tutuşundan, yüzümdeki tebessüm şu an gözlerini gözlerime mühürleyip ağzımdan çıkanları dinlemenden... Ah çok güzelsin Lort. Yüzümüzde çizgiler oluşana dek yanında kalamayacağım için üzgünüm, böyle bitmesi benim de canımı yakıyor, ama yine de biz gülümseyelim, yine de şimdi mutlu olalım. Ben çok özel ve şanslı bir kadınım. Ölüyorum ve şu an sevdiğim adamın elleri avuçlarımda, evet ölüyorum ama şu an sevdiğim adam, ellerin avuçlarımda dediğim için, bir kez daha öpüyor beni. Dudakların sıcacık, ben çok şanslı bir kadınım Lort. Dışarıda yağmur damlaları düşmeye başladı ve doktorlar mutluluğumuza ortak olmak için birazdan en sevdiğimiz şarkıyı çalacak, bir kadın başka ne ister ki? Böylesine aşkla giderken ölüm hangi kadını korkutabilir ki? Ben çok şanslıyım Lort, hem de çok. Ve sen, artık daha güçlü olmak zorundasın. Yetimhanedeki çocukların şimdi sana daha çok ihtiyacı var, yokluğumu fark ettirme onlara, üzülmesinler, gözyaşları akmasın hiçbirinin. Bak sevdiğimiz şarkı çalmaya başladı, şimdi daha sıkı sarıl bana ve kapa gözlerini. Şarkıya eşlik ederek birbirimizi daha çok hissedelim... Seni seviyorum Lort. Seni hayat kadar çok seviyorum..."

Ah Rose! Ah içime sığamayan aşkın sahibi!

Artık dinleyemiyorum o şarkıyı, cesaret edemiyorum sensiz sözlerine eşlik etmeye. Özlemle baş edemiyor bir an önce sana gelmek istiyorum. Hayat meğer ne kadar da acımasızmış. Neden ölemiyorum, neden seni benden alan hastalığa bulaşamıyorum, neden dokunamıyorum sana Rose! Ben bir türlü inanamıyorum senden sonra gülümseyebileceğime, güzel bir hayata sahip olacağıma... Diğer insanlar gibi sabahın erken saatlerinde kalkıp kendimi işe giderken hayal edemiyorum Rose. Her şey yabancı gelmeye başladı. Meğer ben seninle varmışım, meğer ben her gece sana uyumuş her sabah seni sevmek için uyanmışım. Şimdi bunu daha çok anlıyorum. Biliyor musun Rose, ben her mevsimde üşüyorum, yazın o kavuran sıcağında evet çok üşüyorum, hayata tutunabilmem için ellerine ihtiyacım var. Bir gün sahiden sarılabilecek miyim sana? Öpebilecek miyim yeniden, uzun kirpiklerinden? Olmayacak değil mi? Benimkisi yağmurun göğe doğru yağmasını beklemek gibi imkânsız değil mi? Ölümün uğrayacağı son duraktın sen, yaşanacak onca güzellikler varken, neden bu kadar erken gittin? Kalsaydın Rose. Biraz daha sevseydim saçlarını, biraz daha uyusaydım kalbinde. Ah Rose! Bekle beni orada, bir gün tenlerimiz yeniden karışacak birbirine. Bekle Rose. Bir gün yarım kalanları tamamlamak için birbirimize kavuşacağız, hissediyorum...

Bağışla beni...

Artık yazamıyorum Rose. Sayfalarıma düşen her bir harf adeta bir bıçak gibi saplanıyor yüreğime. Nokta koyduğum her cümle sensizliği bir kez daha tokat gibi çarpıyor yüzüme, iyi şeyler yazamıyorum. Gülümseyeceğin cümleler yok kirlettiğim sayfalarımda, her sayfası terk ediliş, her sayfası ölüm, her sayfası ıslak Rose. Ben de çok isterdim senden sonra mutluluk kokan şiirler yazmayı, ama yapamıyorum Rose. Acılarla dolu bedenim, kalbim. Mutlu olmam için hiçbir neden yokken, nasıl olur da tebessüm uyandıran harfleri yan yana dizebilirim? Bu son satırlarım, evet belki artık kelimelerle işkence etmeyeceğim kalbe. Ama sakın korkma! Her sabah Rose, her sabah geleceğim sana. Yıldönümümüzde de düzeni bozmayacağım, eskisi gibi papatyalarla süsleyeceğim yatağını ve sevdiğimiz şarkıyı dinleyerek birlikte uyuyacağız.

Ve şimdi rüyalarımda beni bekliyorsun, biliyorum. Uyumak istiyorum Rose. Uyumak istiyorum... Bir daha hiç uyanmamak ümidiyle sana uyumak istiyorum Rose... Hoşça kal sevdiğim kadın, hoşça kal. Yarım kalan mutluluğum, hoşça kal düşlerimdeki kentin prensesi, hoşça kal nefesim, hoşça kal anlamım, hoşça kal kalp atışım, hoşça kal can kesiğim, hoşça kal benim en güzel hikâyem...

Sen hep hoşça kal...

Son Sayfa: Hepimizin Buluştuğu Yer

Ve sevdiğin bir kitabın son sayfasına gelmek, mutlu olduğun rüyadan uyanmak gibi...
İçi burkuluyor insanın.

Şimdi sıradanlaşan hayatımıza kaldığımız yerden devam etme vakti.
Ve bir kitabın sonuna gelmek, çayından kalan son yudumu içmek gibi.
Güzel bir tat alıyorsun ve sonra daha çok istiyorsun.
Bir çay daha yok mu? Ya da bir kitap?
Aslına bakarsan dışarıdaki hayat çok da ilgimi çekmiyor... Ben kitaplarımla mutluyum.

***

Kaç saatte, kaç günde, kaç haftada bitirdin bu kitabı bilemiyorum ama iyi ki de sayfalarda kayboldun. Ben sana, bu kitapta mutluluğu, aşkı, hüznü, acıyı, güveni, insana olan değeri, gidenleri, gelenleri, seni nelerin beklediklerini kendimce anlatmaya çalıştım. Eğer biraz olsun sana iyi geldiysem, ben burada gülümserim. Bu kitabı neden yazdım biliyor musun? Çünkü kelimelerde mutluluğun saklı olduğunu öğrendim. İnsanlara anlatamadıklarımı sayfalara ağladım. Çünkü çevremizdekiler çok önyargılılar. Yaptıkların iyi de olsa kötü de olsa onlar hep eleştirirler. Bu yüzden sayfalara sığındım. Kelimelerden inşa edilen bir dünya kurdum ben. Kendi dünyamda yalnızca kendimle yaşadım acıyı, sevinci.

Ve şimdi yalnız değilim, sizler de benim dünyamda yaşıyorsunuz artık. Sayfalarıma dokundunuz, belki de bazılarınızın birkaç damla gözyaşı sindi kelimelerim arasındaki boşluklara, belki de birkaçınızın tebessüm etmesine neden oldum. Her neyse ne işte.

Ardımdaki sayfalarda okudun evet ama ben yine de hatırlatmak istiyorum. Güzel şeyleri hatırlatmayı hep çok sevmişimdir.

"Farkında değil misin?

Senin kendinle mutlu olmayı başaracak kadar güçlü bir kalbin var."

Bu sözümü unutmazsan eğer memnun olurum...

Ben bu sözün en çok da sen ağlarken aklına gelmesini istiyorum, umarım öyle olur...

Tek bir şey isteyeceğim şeyden, kitabı kapattıktan hemen sonra lütfen benim için bir çay daha iç. Havalar soğuk, için ısınsın...

Samimi söylüyorum, yaşamak gerçekten de çok güzel. İnsan her şeyi atlatır. Tabii eğer bunu gerçekten isterse... Hepimiz aslında çok güçlüyüz, ama bazılarımız kendi gücünün farkında değil... Ve unutma farkına varman için illa dayanılmaz bir acıyla sınanman gerekmiyor.

Küçük bir rica: Sokakta gördüğün her çocuğun yanaklarını öp.

Küçük bir hatırlatma: Evet havalar feci halde soğuk ve sokakta hayvanlar adeta ölüme terk edilmişler. Lütfen, lütfen onları görmezden gelmeyin, eğer bakma imkânınız varsa sahiplenmekten çekinmeyin, kapınızın önüne bir kap yemek koymayı onlara çok görmeyin. Onları sevin...

Bir masal daha bitti...
Ve sen küt saçlı
hâlâ seviyorken gel...